読み直し文学講座V

小林多喜二の代表作を読み直す

プロレタリア文学が
切り拓いた
「時代を撃つ」表現

『蟹工船』『不在地主』

島村輝

かもがわ出版

まえがき

小林多喜二と志賀直哉の間には、数は少ないながら心のこもった手紙がやりとりされています。多喜二から志賀に宛てた手紙のうち残されている二通目のものは、一九三〇年一二月一三日の日付で、収監中の豊多摩刑務所から出されたものです。すでに『蟹工船』『不在地主』を発表し、プロレタリア文学の世界の新星として人気を博していた多喜二でしたが、志賀に対して「それは、その時々に於ては、私の全力をつくして書き上げたものであるにも不拘、いずれも粗雑な、古ぼけた、薄ッぺらなものでしかなかったと考えて」いると述懐し、ここから出られるのは何時かわからないが「今度は本当に立派なものを作りたいと考えています」との決意を記しています。

出獄後の三一年六月八日、多喜二は『蟹工船』『一九二八年三月十五日』の収録された単行本を志賀に贈りますが、それは「一字も伏字のない」ものを読んでもらいたいと念願した多喜二が、古本屋で見つけて、自ら買って送ったものでした。そのことを記した手紙には「私の作品で何かお読みになったものでもありましたら、貴方の立場から御遠慮のない批判をして頂けませんでしょうか」との希望が述べられています。

本を贈られた志賀は、七月一五日に、絶版本を送ってくれたことに感謝しつつ「立場が異ふ点で君を満足させるかどうか分りませんが、書けばそんな事を遠慮に入れずに書いてお送り致します」と返事をし、その約束通り八月七日付の手紙で、誠実かつ親身な批評を書き送ります。大変有名な手紙です。この手紙では「私の気持から云へば、プロレタリア運動の意識の出て来る所が気になりました。小説が主人持ちである点好みません」というところばかりが取りざされ、志賀が多喜二の作品やプロレタリア文学全般に対して否定的だったというように読まれがちですが、全体を読めばそれが誤解であることが解ります。手紙の一節にある「運動の意識から全く独立したプロレタリア芸術が本統のプロレタ リア芸術になるのだと思います」というところに志賀の真意が表現されてあり、そうした書き方を貫きながら、言葉そのものの力で歴史や社会を描き、批判していたのが志賀本人だったことは前巻でお話ししました。その本意を多喜二はよく理解して、その後密かに奈良の志賀邸を訪問し、親しく迎えられて語り合う機会を得たのでした。

本書ではその多喜二の『蟹工船』『不在地主』を、細かく読み解いていきます。多喜二がどういう挑戦的な意図をもってこれらの作品を書いたのか、志賀は多喜二のどういうところに反応したのか、二人の文学的交感の在り処を、味わっていただければと思います。

もくじ

*『蟹工船』の引用は岩波文庫『蟹工船　一九二八・三・一五』より

*『不在地主』『防雪林』の引用は岩波文庫『防雪林　不在地主』が品切れのため、青空文庫「防雪林」「不在地主」より

*引用のページ数・行数は（p○○・○○～）（□□、○○～）で表記

*中学生も読み進められるように、難解な語句にルビを振った。

《『蟹工船』》

第Ⅰ章　映画的手法を取り入れた多喜二の筆力

これから、小林多喜二の代表作であり、日本プロレタリア文学の代表作でもある、『蟹工船』を読んでいきます。『蟹工船』といいますと、今から一二年前の二〇〇八年から〇九年にかけて大きな『蟹工船』ブームとも言える現象があったことは、みなさんもご記憶にあることと思います。

この『蟹工船』は、一九二九年に『戦旗（せんき）』という雑誌の五月号と六月号に、二度にわたって分載されました。彼のプロレタリア作家としての画期的な出世作であり、新進作家として全国的に知られるようになる大きなきっかけとなりました。

しかし、有名な作品ではありますが、プロレタリア文学は今日とは時代が違いますし、現役の文学というよりは、長い間、古典文学に近い作品という扱いを受けてきました。小林多喜二という作家、『蟹工船』という作品について知ってはいるけれども、実際に読んだことのある人は、二〇〇八年の『蟹工船』ブームが到来するまでは、決して多くはありませんでした。
それが、一躍脚光を浴びてからは多くの読者層を獲得するとともに、世界の文学作品のなかにも改めて認知されました。以来十数年が経過しましたが、『蟹工船』は、このリバイバル現象によって今日でもそのブームの余波が続き、その現代性がきちんと評価されるという、文学史上の位置付けになっています。

この『蟹工船』ブームにつきましては、私も当事者としてその中にいましたので、いろいろお話しする事柄もありますが、そのあたりは別の機会に譲ることとしまして、ここでは『蟹工船』という作品を精読していこうと考えています。『蟹工船』は非常に内容が豊富ですので、大学の授業の半期分ぐらいを使ってじっくりと講読していくこともできますが、ここではこの小説の内容を凝縮して、皆さんとともに味わっていきましょう。

『蟹工船』はどんな話かといいますと、時は一九二〇年代です。舞台は、出漁基地の函館（はこだて）からカムチャツカ海域へ、帝国海軍の援護のもとに出漁する蟹工船「博光丸」という船です。そこでは、坑夫、農民、漁夫、学生など雑多な出身の季節労働者たちが、地獄のような労働条件のもとで酷使（こくし）されていました。ここには、すさまじく暴力的な浅川監督（かんとく）という人物がおり、この浅川の指揮のもとで、労働者は生命さえもが簡単に奪われてしまうような極限状況の中におかれています。そうした中で、彼らは次第に団結し、自発的なストライキが起こっていきます。いったんは監督らを窮地（きゅうち）

に追い込めたように見えたこのストライキですが、会社側の要請をうけて介入した帝国海軍の駆逐艦(ちくかん)によって弾圧され、代表者たちが着剣した水兵たちに検束されて、敗北をしてしまいます。駆逐艦を見たとき涙を流して喜んだ労働者たちですが、この一件で軍隊の本質を学び、やがて再びたたかいに立ち上がっていく、というのが『蟹工船』という小説のあらすじということになります。

本書のカバーに載っているのが、初版本の『蟹工船』の書影です。最初は戦旗社が発行していた『戦旗』という雑誌に掲載され、それが単行本として出版されました。この表紙は、どこかで見覚えがあると思われる方もいらっしゃると思いますが、一〇年少し前に『蟹工船』ブームが起こった時に、その引き金となった新潮文庫の表紙カバーは、これをアレンジしたものでした。それまでの地味なカバーからデザインし直したもので、とてもセンセーショナルな感じのものでしたから、売れ行きにも影響を与えたと言われています。

この小説を書くにあたって多喜二は、並々ならぬ決意と自覚をもって準備に当たっています。この作品に出てくる蟹工船のボロ船ぶりや、漁夫や雑夫(ざつふ)らへの虐待(ぎゃくたい)は、当時実際にあった事実をモデルにしたものです。蟹工船は一九二〇年頃から操業されていましたが、カムチャツカ海域への大量の出漁は一九二三年からであるとされています。蟹工船漁に使われる船は、作品のなかにも出てきますが、中古のものが多く、なかには日露戦争での戦利品として没収した船が転用されたものもあったということです。蟹工船の主要な漁場であった北洋(ほくよう)一帯は、漁業権をめぐって当時のソビエト連邦、革命後まもないソビエト・ロシアですが、そことの間で複雑な利害の対立があり、国際的にも注目されていたところです。

『蟹工船』執筆にあたって直接の素材となったのは一九二六年の出来事です。この年四月二六日、蟹工船「秩父丸」は北千島海域で暴風雨のために座礁（ざしょう）し、乗組員二五四人中一六一人の犠牲者を出します。このとき、「秩父丸」と相前後して出漁していた「英航丸」その他の蟹工船は、「秩父丸」からの救助信号を受信していたにもかかわらず、救助の手を差し伸べませんでした。これが当時の「北海道小樽（おたる）新聞」などに取り上げられ、ひどい対応だというニュースになって流れました。

九月に入ってからは、「博愛丸」や「栄光丸」などにおける、漁夫・雑夫たちの虐待事件が詳しく報道されました。「小樽新聞」の一九二六年九月八日付の記事には、「蟹工船博愛丸に雑夫虐待の怪事件」という見出しが立っており、「漁夫・雑夫一四名は函館水上署に出頭し、監督阿部金次郎が出漁中漁夫雑夫を虐待し、尚二名が行方不明になった事件を訴え出た」と報道しています。虐待に耐え切れず脱走を企てた四人の雑夫を、監督たちが、カニをひっかけるカギのついた鉄の捧などでリンチを加え、それが引き金となって自発的なストライキが起きた、という事件も続報されています。

多喜二は、何を意図して『蟹工船』を執筆したのでしょうか。蟹工船の労働はもちろんひどいものですが、その蟹工船とそこでの残虐な労働そのものを描き出すという、単純なルポルタージュ的な意図をもって書いたわけではありません。この作品を書き終わった段階で、多喜二が当時の著名な批評家であった蔵原惟人（くらはらこれひと）に宛てた手紙が残っています。その中では、この作品を書くにあたって、当時勤務していた北海道拓殖（たくしょく）銀行の資料用の新聞から関係記事のスクラップを作ったり、週末に函館を訪れて蟹工船に乗って船の中を調べたり、漁夫たちとも会うという、実地調査をしていることが記されています。同時に、ここで書こうとしたことは、事物としての蟹工船そのものというより、その特殊な労働形態の背後にある、より一般的・普遍的な政治経済の仕組みである、とも述べています。植民地や未開地における搾取の実情、圧倒的多数の労働者が未組織であるという実態、帝国主義戦争の本質、およびこれらの相互の関係といった事象を、一つの小説という構図のなかに盛り込んで書こうとした意図を伺い知ることができます。

　このように執筆意図を蔵原宛に書いているのですが、つまりは蟹工船をめぐる生々しい実態とその事件を表面に浮かびあがらせ、政治経済の複雑な関係を描き出すことによって、これを労働者大衆に知らしめる必要がある、というのが彼の問題意識にあったわけです。そうした意図を背景にこの作品について考えてみますと、これらの事実を伝えようとするジャーナリズムの流通のなかで、これをどのように発表し、どのように広げていくのかといった闘争の場に、多喜二がやがて深く関わっていくことになるのは、必然の道筋であったと言えると思います。

　それでは、具体的に『蟹工船』の小説の中に入っていって、一つひとつの章を追いながらこの作品を味わっていきたいと思います。

まず、第一章の出だしのところを読んでいきます。有名なところです。（P7・2〜）

「おい地獄さ行（え）ぐんだで！」

二人はデッキの手すりに寄りかかって、蝸牛（かたつむり）が背のびをしたように延びて、海を抱（かか）え込んでいる函館（はこだて）の街を見ていた。――漁夫は指元まで吸いつくした煙草（たばこ）を唾（つば）と一緒に捨てた。巻煙草はおどけたように色々にひっくりかえって、高い船腹（サイド）をすれずれに落ちて行った。彼は身体（からだ）一杯酒臭かった。

赤い太鼓腹を幅広く浮かばしている汽船や、積荷最中らしく海の中から片袖（かたそで）をグイと引張られてでもいるように、思いッ切り片側に傾いているのや、黄色い、太い煙突、大きな鈴のようなヴイ、南京虫（ナンキンむし）のように船と船の間をせわしく縫っているランチ、寒々とざわめいている油煙やパン屑（くず）や腐った果物の浮いている何か特別な織物のような波……。風の工合で、煙が波とすれずれになびいて、ムッとする石炭の匂いを送った。ウインチのガラガラという音が、時々波を伝って直接（じか）に響いてきた。

この蟹工船博光丸（かにこうせんはくこうまる）のすぐ手前に、ペンキの剝（は）げた帆船が、へさきの牛の鼻穴のようなところから、錨（いかり）の鎖を下していた、甲板を、マドロス・パイプをくわえた外人が二人同じところを何度も機械人形のように、行ったり来たりしているのが見えた。ロシアの船らしかった。たしかに日本の「蟹工船」に対する監視船だった。

衝撃力がとても強い出だしですが、この特徴を、皆さんはどのようにお感じになったでしょうか。何の前触れもなく、「おい、地獄さ行ぐんだで！」というセリフから入っていきます。つまり聴覚に訴えています。これは、どういう人たちがどういう場面でこのセリフを発したのか、まずそこに読者が興味関心をいだくように作られているわけです。次いで、函館の街を見下ろしているデッキの二人の姿がクローブアップされます。投げ捨てられた巻煙草が、おどけたようにひっくり返りながら、高い船腹すれずれに落ちて行った、とあります。これは、動きを伴う視覚的な表現です。そして、「彼は身体一杯酒臭かった」と嗅覚的に書かれています。感覚的な表現によって、読むものを作品の世界のなかに引き込んでいこうとする方法だと言えます。まず聴覚的表現としての「おい、地獄さ行ぐんだで！」というセリフ、巻煙草の吸殻が船のデッキを落ちて行くという動きを伴う視覚的表現、そして、「彼は身体一杯酒臭かった」という嗅覚的表現という、三つの感覚を呼び覚ます描き方がとられているということです。

当時の最先端の流行メディアは映画でしたが、この作品はこの映画の手法をしっかり取り入れて書かれているとよく言われます。もちろんそうなのですが、動きを伴った視覚表現だけはなく、映画では表現することのできない聴覚や嗅覚に対する感覚的表現がとても鋭いわけです。とくに嗅覚については、この小説の全編のなかで、あたかも読んでいるページから臭いが立ち上ってくるかのような、臭さに対する鋭い表現があちこちに見られます。また、この出だしのところには直接出てきませんが、労働者が振るわれる猛烈な暴力に対する痛みの感覚だとか、食べものに現れる格差という味覚の感覚など、五感を駆使した感覚的な表現がとてもたくさん使われています。そのことがまず、出だしのところからおわかりいただけるのではないかと思います。

もう一つは、この出だしだけ見ましても、たくさんの比喩が用いられているということです。例えば、「蝸牛が背のびをしたように延びて」とか、「巻煙草はおどけたように、色々にひっくりかえって」、「積荷最中らしく海の中から片袖をグイと引張られてでもいるように」、「大きな鈴のような赤いヴイ」、「南京虫のように船と船の間をせわしく縫っている」、「何か特別な織物のような」といった、何々のようなという比喩がたくさんあります。その他にも、「赤い太鼓腹を巾広く浮かばして」とか、「海を抱え込んでいる函館の街」といったように、暗喩や擬人法が使われています。こうした比喩や擬人法といったレトリカルな表現がたくさん見られますが、こうした文体は、もちろん小林多喜二がこの『蟹工船』を書くに当たって工夫して取り入れたものです。これは当時の文学の一つのスタイルでもありました。

横光利一という当時の代表的なモダニズムの作家が、この少し前の一九二六年に、プロレタリア文学の影響を念頭におきながら書いた、『街の底』という作品があります。この作品は青空文庫にも入っており、検索していただければすぐ見つかると思います。その冒頭のところを少し読んでおきましょう。

その街角には靴屋があった。家の中は壁から床まで黒靴で詰っていた。その重い扉のような黒靴の壁の中では娘がいつも萎(しお)れていた。その横は時計屋で、時計が模様のように繋っていた。またその横の卵屋では、無数の卵の泡の中で兀(は)げた老爺(おやじ)が頭に手拭(てぬぐい)を乗せて坐っていた。その横は瀬戸物屋だ。冷胆な医院のような白さの中でこれは又若々しい主婦(かみさん)が生き生きと皿の柱を蹴飛ばしそうだ。

ちょっと見ると、過剰とも言える直喩、暗喩そして擬人法などが使われていることがわかると思います。比喩というものは、元々は何かと何かが似ているという点をとらえて行うものですから、「オオカミのような青年」とか、「猫のような女性」というように、どこかに共通点が見られます。それがこうした例では、普段わかりやすく感じられる共通点ではなく、なかなか結びつかないようなものが結びつけられる使い方が出てきます。例えば『蟹工船』の場合では、「片袖(かたそで)をグイと引張られてでもいるように」という船の比喩や、「蝸牛(かたつむり)が背のびをしたように」という街の比喩がそれです。このように、通常ではなかなか結びかない突拍子(とっぴょうし)もないようなものを無理やり結びつけるような比喩は、表現上の特別な効果をもっていると言えます。

比喩は日常的によく使われますが、最初は効果があったものが次第に慣用化されてしまい、表現上の効果が薄くなってしまうことがあります。それで、ありふれた比喩ではなく、特別に目を惹きつけるような比喩が用いられることになります。冒頭のところに、そうした表現が出てくることに、まず注意をしていただければと思います。

この次を読んでいきますと、場面が次々と変わっていきます。まず隣に、「甲板を、マドロス・パイプをくわえた外人が二人」行ったり来たりしていて、最初に出てきた二人の漁夫の後を追って監視しているようです。二人の漁夫の姿、上から覗き込まれた雑夫たちのハッチの様子、漁夫たちの船室、駆逐艦に帰るためにタラップを降りる艦長とそれを抱える水兵たちなど、いくつものシーンが場所を変えながら連続的に描かれていきます。またそれぞれの場面はさらに細分化され、例えば漁夫たちの様子でも、船室で酒を飲んだり、雑誌を読んだり、雑談をしたりしています。坑夫あがりの漁夫の回想、沖売の女や商人たちと漁夫たちとのやり取り、職工出身の漁夫の回想、サロンの様子、そして監督の登場と訓示といった、いくつもの部分部分の積み重ねによって場面が作り上げられていくわけです。

こうした描き方は、映画でカメラが移動して、いくつものシーンの連続によってひとつの意味をもつ区切りをつくり上げていき、それらのシーンはさらにカットの積み重ねによって成り立っているのと似ています。つまり映画は、一番細かい単位は一つひとつのカットですが、そのカットが組み合わさって一つのシーンをつくり、そのシーンが幾つか集まってひとまとまりのある場面をつくり上げていきます。これをシークエンスといいますが、これがさらに幾つか積み重なっていって、大きな筋のある一本の劇映画にまとまっていくことになります。『蟹工船』の表現方法もやはり、そうした部分部分のカットやシーンを積み重ねていくというものであり、これは明らかに映画を意識して描いているのだと思います。

多喜二という人は、たいへんモダンな人で、映画を観るのも大好きでした。高等商業学校を卒業して北海道拓殖銀行の銀行員として勤め始めますが、この『蟹工船』を書くまでの間にも、その頃小樽の街にあったたいくつもの映画館でたくさんの映画を観ています。ただ映画を観ているだけはなく、その映画についての批評を雑誌に書いています。今日の目から見ても、その映画の観方には的確なものがあり、二〇代前半と若く、アマチュアともいっていい映画批評家にしては、しっかりと映画を観ていたことがわかります。

こうした映画的な方法は、描写と回想を交互に配置する書き方のなかにも現れています。これは映画でいうとフラッシュバックといわれる手法です。また、時の経過にしたがって、漁夫たちの船室のシーンとシーンの間にサロンの様子を挟み(はさ)こみ、両方の場所のもつ意味を象徴的に表現するというのは、モンタージュといわれる映画の手法の応用でしょう。これは後のことになりますが、ストライキが起こって漁夫や雑夫たちが次第に集まって群集となり、監督や船長らに迫るという場面が出てきますが、これは同時代に作られたロシアの映画『戦艦ポチョムキン』で、軍艦のなかで反乱が起こって群集が集まって渦を巻いていく、というシーンとの相似を感じさせます。この映画を多喜二が実際に観ていたのかどうかについては諸説あり、おそらく観ていないのではないかと思われますが、それまでの彼の映画を観ていく経験から、映画についてのさまざまな情報を認識していて、そうした方法を取り入れて書こうという意図があったのだと考えられます。

　この出だしの部分には、まだいつくも見所があります。例えば、先ほどちょっと出てきました、ここに乗り込んでくる雑夫といわれる少年たちがいます。この少年たちは、お母さんたちと一緒にここにやってきますが、お母さんたちが子どもたちのことを思いながら出航を見送っていくという描写があります。この場面も印象的に書かれています。（p9・16〜）

> 　薄暗い隅の方で、袢天を着、股引をはいた、風呂敷を三角にかぶった女出面らしい母親が、林檎の皮をむいて、棚に腹ん這いになっている子供に食わしてやっていた。子供の食うのを見ながら、自分では剥いたぐるぐるの輪になった皮を食っている。何かしゃべったり、子供のそばの小さい風呂敷包みを何度も解いたり、直してやっていた。そういうのが七、八人もいた。誰も送って来てくれるもののいない内地から来た子供たちは、時々そっちの方をぬすみ見るように、見ていた。

蟹工船に乗り込む雑夫の子どもたちを心配して見送りし、世話をしているお母さんは、リンゴをむいた皮を自分で食べてしまうというくらいですから、貧しい家族です。でも、ここに見送りに来て心配してもらえる子どもたちはまだ良くて、見送りのない子どもたちもここにはいるのだと、細かく書き込まれています。この船には、沖売りの女が乗り込んでいます。船が出港してしまうと不自由になってしまうので、さまざまな身の回りの品を売りにくる女性なのですが、この女性が漁夫たちの性的なからかいの目にさらされるところがあります。ここでも、この沖売りの女がどのような待遇(たいぐう)をされていたのかが、台詞(せりふ)のなかに出てきます。(p15・16〜)

> 菓子折を背負った沖売の女や、薬屋、それに日用品を持った商人(あきんど)が入ってきた。真中の離島のように区切られている所に、それぞれの品物を広げた。皆は四方の棚の上下の寝床から身体を乗り出して、ひやかしたり、笑談をいった。
> 「お菓子(がし)めえか、ええ、ねっちゃよ?」
> 「あッ、もッちょこい!」沖売の女が頓狂(とんきょう)な声を出して、ハネ上った。「人の尻さ手ばやったりして、いけすかない、この男!」

こうしたセクハラにさらされるのです。こうしたからかいの言葉や振る舞いばかりではなく、場合によっては乱暴狼藉(ろうぜき)を働かれるということもあったようです。その少し先のところです。(p17・4〜)

「この前、竹田って男が、あの沖売の女ば無理矢理に誰もいねえどこさ引っ張り込んで行ったんだとよ。んだけ、面白いんでないか。何(な)んぼ、どうやっても駄目だっていうんだ……」酔った若い男だった。「……猿又(さるまた)はいてるんだとよ。竹田がいきなりそれを力一杯にさき取ってしまったんだども、まだ下にはいてるッていうんでねえか。――三枚もはいてたとよ……」男が頸(くび)を縮めて笑い出した。

とんでもないセクハラですが、当時の和服姿の女性は腰巻はしていますが、だいたいの場合は、下履(したば)きをはいていませんでした。ところがこの沖売りの女性は猿又をはいている、しかも三枚も重ねてはいて、ハラスメントから身を守るための工夫をしていたことも描かれているわけです。これらの状況が細かいところに至るまで描かれている、ということがおわかりいただけると思います。

さて、こうしたなかで浅川監督がやってきて、いよいよ函館を出航するということになります。ここに出航の前に浅川が言う台詞(せりふ)が出てきますが、ここは監督がこの事業をどのようなものとして見ているか、ということに関わってくる場面です。第一章の末尾の部分ですが、「日本帝国の大きな使命のために、俺たちは命を的に、北海の荒波をつッ切って行くのだということを知ってて貰わにゃならない」、として、こんなことを言っています。（p19・16〜）

だからこそ、あっちへ行っても始終我帝国の軍艦が我々を守っていてくれることになっているのだ……それを今流行(はや)りの露助(ろすけ)の真似(まね)をして、飛んでもないことをケシかけるものがあるとしたら、それこそ、取りも直さず日本帝国を売るものだ。こんな事は無いはずだが、よく覚えておいて貰うことにする……。」

浅川監督の言い分からすれば、自分たちは国家の事業に加わっているのだということになり、国と国との間の争いに負けてたまるかという口実のもとに、蟹工船の漁夫や雑夫たちを駆り立てていくことになります。

蟹工船は、函館を出航して、北海道の西側をまわって、日本海の千島から樺太(からふと)、カムチャツカの流域にまで北上していきます。真冬は大変な寒さになりますので出航できませんから、出航するのは冬になる前の季節、夏から秋にかけてです。このあたりの多喜二の描写力には、大変すぐれたものがあります。第二章の冒頭の部分を少し読んでいきましょう。（p21・2〜）

祝津(しゅくつ)の燈台が、廻転するたびにキラッキラッと光るのが、ずウと遠い右手に、一面灰色の海のような海霧(ガス)の中から見えた。それが他方へ廻転してゆくとき、何か神秘的に、長く、遠く白銀色の光芒を何浬もサッと引いた。
留萌の沖あたりから、細い、ジュクジュクした雨が降り出してきた。漁夫や雑夫は蟹の鋏のようにかじかんだ手を時々はすかいに懐の中につッこんだり、口のあたりを両手で円るく囲んで、ハアーと息をかけたりして働かなければならなかった。――納豆の糸のような雨がしきりなしに、それと同じ色の不透明な海に降った。が、稚内に近くなるに従って、雨が粒々になって来、広い海の面が旗でもなびくように、うねりが出て来て、そしてまたそれが細かくせわしなくなった。――風がマストに当ると不吉に鳴った。鋲がゆるみでもするように、ギイギイと船の何処かが、しきりなしにきしんだ。宗谷海峡に入った時は、三千噸に近いこの船が、しゃっくりにでも取りつかれたようにギク、シャクし出した。何か素晴しい力でグイと持ち上げられる。船が一瞬間宙に浮かぶ。――が、ぐウと元の位置に沈む。エレヴエターで下りる瞬間の、小便がもれそうになる、くすぐったい不快さをその度に感じた。雑夫は黄色になえて、船酔らしく眼だけとんがらせて、ゲエ、ゲエしていた。

この後も時化の描写が続きます。後半であつかう、『不在地主』という作品の下敷きになった『防雪林』という作品があります。多喜二がこの『蟹工船』を書く少し前、まだ彼が組織的なプロレタリア文学運動や当時の社会主義的な左翼運動に本格的に足を踏み込む直前ぐらいの時期に書かれたものです。これは『防雪林』を読むときに詳しくお話をしたいと思いますが、荒々しい場面を描くためのこまやかな表現の工夫が凝らされています。『蟹工船』で見られる多喜二のこうした描写力は、すでにこれらの作品にも示されていたのです。

第二章の続きには、「蟹工船には川崎船を八隻のせていた。」と書かれています。川崎船というのは、母船に積み込まれている、実際に蟹を獲る時の小舟です。獲った蟹を積んで戻ってきた小舟をクレーンで母船に回収し、すぐさま蟹を加工していくのが蟹工船なのです。蟹工船の本船から海に降ろされて実際に漁をする、この小さい船を八隻載せていたのです。（P23・16〜）

> 船員も漁夫もそれを何千匹の鱶のように、白い歯をむいてくる波にもぎ取られないように、縛りつけるために、自分らの命を「安々」と賭けなければならなかった。――「貴様らの一人、二人が何んだ。川崎一艘取られてみろ、たまったもんでないんだ。」――監督は日本語でハッキリそういった。
>
> 　カムサツカの海は、よくも来やがった、と待ちかまえていたように見えた。ガツ、ガツに飢えている獅子のように、いどなみかかってきた。船はまるで兎より、もっと弱々しかった。空一面の吹雪は風の工合で、白い大きな旗がなびくように見えた。夜近くなってきた。しかし時化は止みそうもなかった。

まさに命がけの労働のなかで、「鮭殺しの棍棒」をもった監督が暴力的に支配していく有り様が描かれていきます。そして彼らは自分たちの寝床である「糞壺」と呼ばれる居室のなかに帰ってきます。体の疲れと恐怖で疲労困憊のあまり、一言も口をきかずにゴロリとそこに横になっていくのです。（P24・14〜）

誰も、何も考えていなかった。漠然とした不安な自覚が、皆を不機嫌にだまらせていた。

暴力的な支配のもとで過酷な労働に携わらされている漁夫は思考停止になっていきます。船はいよいよ日本の最後の海域に入ります。この「糞壺」のなかで生活をしている漁夫たちですが、彼らの関心といえば食べ物でしかありません。しかし、この食べ物は非常に低劣なものです。（P25・12〜）

「飯だ！」賄がドアーから身体の上半分をつき出して、口で両手を囲んで叫んだ。「時化てるから汁なし。」

「何んだって？」

「腐れ塩引！」顔をひっこめた。

思い、思い身体を起した。飯を食うことには、皆は囚人のような執念さを持っていた。ガツガツだった。

塩引の皿を安坐をかいた股の間に置いて、湯気をふきながら、バラバラした熱い飯を頬ばると、舌の上でせわしく、あちこちへやった。「初めて」熱いものを鼻先にもってきたために、水洟（みずばな）がしきりなしに下がって、ひょいと飯の中に落ちそうになった。

　飯を食っていると、監督が入ってきた。

「いけホイドして、ガツガツまくらうな。仕事もろくに出来ない日に、飯ば鱈腹（たらふく）食われてたまるもんか。」

　ジロジロ棚の上下を見ながら、左肩だけを前の方へ揺（ゆす）って出て行った。

　彼らが食べているご飯は、最も下級な労働者たちの食べ物である塩引きの鮭とタクワンです。保存はききますが、とても塩辛いものです。汁もない食事です。ここには直接書かれていませんが、上層部の乗組員、船長や会社代表、監督、駆逐艦の上級の士官たちがサロンにやってくるときには、労働者たちが身を粉にして作った蟹缶を始めとしたご馳走（ちそう）が、大判振舞に出されるわけです。そうした上等の食品である蟹缶などは、作っている労働者たちの口には到底入りません。厳しい労働のなかでの食べ物をめぐって、監督は「仕事もろくに出来ない日に、飯ば鱈腹（たらふく）食われてたまるもんか。」と毒付きます。

　その日の夜ですが、一人の雑夫が行方不明になり、浅川監督がそれを探しにきますが、この行方不明の話はのちの伏線になっていきます。第二章で目玉となるのは、僚船（りょうせん）の「秩父丸」という船が難破をするという印象的なシーンです。朝の二時頃に無電でSOSの連絡が入り、海の男である船長はこの「秩父丸」を助けにいかなければならないと考えます。（p29・2～）

> 船長室に無電係が周章(あわ)てかけ込んできた。
> 「船長、大変です。S・O・Sです！」
> 「S・O・S？——何船だ？」
> 「秩父丸(ちちぶまる)です。本船と並んで進んでいたんです。」
> 「ボロ船だ、それア！」——浅川が雨合羽(あまがっぱ)を着たまま、隅(すみ)の方の椅子(いす)に大きく股(また)を開いて、腰をかけていた。片方の靴の先だけを、小馬鹿にしたように、カタカタ動かしながら笑った。「もっとも、どの船だって、ボロ船だがな。」
> 「一刻といえないようです。」
> 「うん、それア大変だ。」
> 船長は、舵機室(だきしつ)に上るために、急いで、身仕度もせずにドアーを開けようとした。しかし、まだ開けないうちだった。いきなり、浅川が船長の右肩をつかんだ。
> 「余計な寄道せって、誰が命令したんだ」
> 誰が命令した？「船長」ではないか。——が、突嗟(とっさ)のことで、船長は棒杭(ぼうぐい)より、もっとキョトンとした。しかし、すぐ彼は自分の立場を取り戻した。

「船長としてだ。」

「船長としてだアーーア？」船長の前に立ちはだかった監督が、尻上りの侮辱した調子で抑（おさ）えつけた。「おい、一体これア誰の船だんだ。会社が傭船（チアタア）してるんだで、金を払って。ものをいえるのア会社代表の須田（すだ）さんとこの俺だ。お前なんぞ、船長といってりゃ大きな顔してるが、糞場（くそば）の紙ぐれえの価値（ねうち）もねえんだど。分ってるか。——あんなものにかかわってみろ、一週間もフイになるんだ。冗談じゃない。一日でも遅れてみろ！　それに秩父丸には勿体（もったい）ないほどの保険がつけてあるんだ。ボロ船だ、沈んだらかえって得するんだ。」

給仕は「今」恐ろしい喧嘩（けんか）が！　と思った。それが、それだけで済むはずがない。だが（！）船長は咽喉（のど）へ綿でもつめられたように、立ちすくんでいるではないか。給仕はこんな場合の船長をかつて一度だって見たことがなかった。船長のいったことが通らない？　馬鹿、そんな事が！　だが、それが起っている。

船乗りには海の掟（おきて）というものがあり、難破している僚船から救難信号を聞いた場合には、何はさておきそこに駆けつけるべきですから、船長も当然、救出に向かおうとします。しかし浅川監督は、それを阻もうとします。この船は会社がチャーターしたものなのだから、救出に向かうなどまったくあり得ないのだ、と。またこのボロ船「秩父丸」には保険がかかっていて、難破したらかえって得をするぐらいのものなのだ、と。これでは遭難した乗組員を見殺しにしなければならないことになりますが、船長も手出しができず、大変落ち込みます。無電係は、S・O・Sを無線で聞いていて刻一刻と報告しますが、何もできない船長の姿はとても見ていられないようなものでした。そして最後の時がきます（p31・13〜）

「沈没です！　……。」
頭から受信機を外しながら、そして低い声でいった。「乗組員四百二十五人。最後なり。救助される見込みなし。S・O・S、S・O・S、これが二、三度続いて、それで切れてしまいました。」

このボーイは、糞壷にやってきて漁夫たちに、「秩父丸」を見殺しにしたと報告するわけです。なぜこのようなことができたのでしょうか。蟹工船は「工船」（工場船）であって「航船」ではないとして、航海法は適用されませんでした。一方、蟹工船は純然たる「工場」なのに、これは船であって工場ではないのだとして、工場法の適用もうけていませんでした。まさに都合のいい理屈をつけて法の抜け穴をついた、勝手な操業でした。そして利口な重役は、この仕事を「日本帝国のため」であると結びつけてしまったのです。多喜二がこの作品を書いた一番大事な意図は、これら蟹工船の操業している現場の労働実態を明らかにし、それがどういう人たちによって搾取されていたのかを描き出すということでした。それは、日本帝国のための操業だと結びつけた重役が、自動車でドライブしながら代議士に出馬することを考えている。それとまったく同じ時に、「秩父丸」の何百人という労働者たちが、冬の海で命を奪われようとしている。その事実を『蟹工船』の本文に書き込んでいることに示されています。

そして、逃げ出した雑夫、宮口を探し出せという張り紙が貼られ、「発見せるものには、バット二つ、手拭い一本を賞与としてくれるべし」という懸賞が付けられていました。バットは、野球のバットではなく、金色のコウモリのレッテルが印刷されているゴールデンバットという大衆的な煙草でした。姿を消した宮口の捜索が行われることになります。みんな、食べ物も悪いので栄養失調になったり、睡眠不足になったりして具合が悪くなっていきますが、船医はなかなか対応してくれません。こうしたなかで、雑夫・宮口が見つかり、仕置きが行われます。宮口は、便所へ監禁され、数日間食事も与えられず、すっかり衰弱してしまいますが、監督の命を受けた雑夫長は、どうしても働かせようと足で蹴り上げます。

その後、時化のなかでの出漁となり、ここも多喜二のすぐれた描写力によって描かれていきます。暴風が吹いてくるという報告を受け、時化るのがわかっているのに、浅川は出航させます。すると案の定、出航した本船を離れて出漁していた川崎船が難破してしまいます。暴風のなかを本船に戻ろうと、川崎船二隻がロープで結び合って近づいてきます。命の危険性を感じとった漁夫たちは必死の表情を浮かべ、母船にいる乗組員たちも彼らを救おうと必死になります。（p43・2〜）

またロープが投げられた。始めゼンマイ形に――それから鰻のようにロープの先きがのびたかと思うと――その端が、それを捕えようと両手をあげている漁夫の首根を、横なぐりにたたきつけた。皆は「アッ！」と叫んだ。漁夫はいきなり、そのままの恰好で横倒しにされた。が、つかんだ！――ロープはギリギリとしまると、水のしたたりをしぼり落して、一直線に張った。こっちで見ていた漁夫たちは思わず肩から力を抜いた。

ステイは絶え間なく、風の工合で、高くなったり、遠くなったり鳴っていた。夕方になるまでに二艘を残して、それでも全部帰ってくることが出来た。どの漁夫も本船のデッキを踏むと、それっきり気を失いかけた。一艘は水船になってしまったために、錨を投げ込んで、漁夫が別の川崎に移って、帰ってきた。他の一艘は漁夫ともに全然行衛不明だった。

監督はブリブリしていた。何度も漁夫の部屋へ降りて来て、また上って行った。皆は焼き殺すような憎悪に満ちた視線で、だまって、その度に見送った。

翌日、「博光丸」は遭難した川崎船の捜索に出ます。その川崎船はなかなか見つかりませんが、別の蟹工船が残していった川崎船を見つけます。監督はそれを引き上げ、大工に命じてその船の番号を削り落とし、新たに書き換えて自分のものにし、横領してしまいます。このような略奪も平気でやっていくのが、この浅川という監督なのです。

ところが、行方のわからなかったもう一隻の川崎船がロシアに漂着し、ロシア人に救助されます。そして、そこに居合わせた日本語のややできる中国人と思われる人の通訳によって、当時のソビエト・ロシア、つまり労働者が優位に立っている国についての話を聞き、その話を土産話として本船に帰ってきて、見てきたロシア人のことを話すわけです。

怖いこわいと思っていた「赤化」したロシアにどんな人がいるかと思えば、とても親切で話がわかるそうだ。それどころか、自分たちがひどい目にあいながら労働をしていることを知っていて、労働者が優位に立つ国では働かない者が威張って収奪するなどということは起こらないし、あなた方もそれを実現することができる、と聞かされたことを、帰ってきた漁夫たちが船に居残っていた仲間たちに話します。川崎船の船頭は、これは監督と漁夫たちの間にたつ中間管理者のような人ですが、その話による赤化宣伝を警戒し、もうやめろよということになってきます。

ここから第四章に入りますが、そこでは抑圧された労働者の間での競争が描かれ、漁夫が雑夫に男色を仕掛けるといった現場が描かれます。男性だけの切り離された船では、はけ口のない性欲が暴力的な対象になって現れてくるということです。さらに、労働者の間の競争をたきつけることによって、労働者たちの搾取をさらに強めるということも起こってきます。

こうしたなかで、静かな凪の船室のなかで、労働者がそれぞれの身の上話をし合うという場面が出てきます。先ほどから、時化の船の状況や遭難を救助する場面など激しい描写を、多喜二は実に見事に書いていましたが、静かな場面を描く多喜二の筆力にもすばらしいものがあります。このストーヴを囲んでみんなが話をする場面は、こんな調子で書かれています。（p62・12〜）

> 波が出て来たらしく、サイドが微（かす）かになってきた。船も子守唄（うた）ほどに揺れている。腐った海漿（ほおずき）のような五燭灯でストーヴを囲んでいるお互の、後に落ちている影が色々にもつれて、組合った。——静かな夜だった。ストーヴの口から赤い火が、膝（ひざ）から下にチラチラと反映していた。不幸だった自分の一生が、ひょいと——まるッきりひょいと、しかも一瞬間だけ見返される——不思議に静かな夜だった。

こんな静かな夜もありますが、これが決して長続きはしません。こうした一瞬の静けさを挟（はさ）んで、大変な搾取と収奪が行われていく、その先頭に立っているのが暴力的な浅川監督です。ある意味、この『蟹工船』という小説が持っているインパクトや衝撃力というのは、この浅川の暴力の描写のすごさにもあるのではないかと思います。これがどういう意味をもっているのかについては、次の章のなかで触れたいと思います。

第Ⅱ章　今の時代に生きる作品として読み継がれる魅力

前章の最後に、浅川監督の暴力性が、この作品の一種の効果的な演出となっていることに触れましたが、今回はこの話から入っていきます。第四章で、監督や雑夫長が漁夫や雑夫に仕事の競争をさせ、勝った組に「商品」を出すことにした、という続きです。（p58・8〜）

監督は「賞品」の外に、逆に、一番働きの少いものに「焼き」を入れることを貼紙（はりがみ）した。鉄棒を真赤に焼いて、身体にそのまま当てることだった。彼らは何処まで逃げても離れない、まるで自分自身の影のような「焼き」に始終追いかけられて、仕事をした。仕事が尻上（しりあ）がりに、目盛りをあげて行った。

人間の身体には、どのぐらいの限度があるか、しかしそれは当の本人よりも監督の方が、よく知っていた。――仕事が終って、丸太棒のように棚の中に横倒れに倒れると、「期せずして」う、う――、うめいた。

さらに第五章では、こうしたところが出てきます。（p75・2〜）

学生が蟹をつぶした汚れた手の甲で、額を軽くたたいていた。ちょっとすると、そのまま横倒しに後へ倒れてしまった。その時、側に積（か）さなっていた缶詰の空瓶がひどく音をたてて、学生の倒れた上に崩れ落ちた。それが船の傾斜に沿って、機械の下や荷物の間に、光りながら円（ま）るく転んで行った。仲間が周章（あわ）てて学生をハッチに連れて行こうとした。それがちょうど、監督が口笛を吹きながら工場に下りてきたのと、会った。ひょいと見てとると、

「誰が仕事を離れったんだ！」

「誰が!?……」思わずグッと来た一人が、肩でつッかかるように、せき込んだ。

「誰がア――？　この野郎、もう一度いってみろ！」監督はポケットからピストルを取り出して、玩具のようにいじり廻わした。それから、急に大声で、口を三角形にゆがめながら、背のびをするように身体をゆすって、笑い出した。

「水を持って来い！」

監督は桶（おけ）一杯に水を受取ると、枕木のように床に置き捨てになっている学生の顔に、いきなり――一度に、それを浴せかけた。

「これでええんだ。――要（い）らないものなんか見なくてもええ、仕事でもしやがれ！」

次の朝、雑夫が工場に下りて行くと、旋盤の鉄柱に前の日の学生が縛りつけられているのを

見た。首をひねられた鶏のように、首をガクリ胸に落し込んで、背筋の先端に大きな関節を一つポコンと露わに見せていた。そして子供の前掛けのように、胸に、それが明らかに監督の筆致で、

「此者ハ不忠ナル偽病者ニツキ、麻縄ヲ解クコトヲ禁ズ。」

と書いたボール紙を吊していた。

額に手をやってみると、冷えきった鉄に触るより冷たくなっている。

「蟹工の浅か、浅の蟹工か」と言われた圧倒的な体力を誇る監督・浅川の暴力的な抑圧が、労働者たちが已むにやまれぬ反抗に立ち上がらざるをえなくなっていく動機を際立たせる点で、リアリティをもたらす面があることを、忘れてはならないと思います。

小林多喜二は、人間のもっとも根源的な性欲とか暴力性といった闇の部分への関心も強かったと思います。プロレタリア作家として本格的なデビューをする以前に書かれた『防雪林』という作品には、夜の石狩川に鮭を獲りにいく主人公の「源吉」という男が、産卵のために川を上ってくる鮭を棍棒で叩き殺しながら獲っていく、というすごい場面が出てきます。

また、『蟹工船』の前に書かれた作品に、『一九二八年三月十五日』という、この日の未明に全国で一斉に行われた、左翼運動に対する大弾圧である「三・一五事件」を扱った小説があります。

多喜二自身は捕まりませんでしたが、釈放されてきた仲間たちから話を聞き、取調室で活動家たち

に加えられたひどい拷問を、すごい迫力で描いています。後に、プロレタリア作家として活躍していた小林多喜二が、地下活動のなかで築地警察署の特別高等警察に捕まります。その時の特高の取り調べで、お前が小林か、よくも書いてくれたな、小説に書いたとおりにしてやると言われ、虐殺されてしまう、というエピソードも知られています。

　こうした『防雪林』、『一九二八年三月十五日』、そして『蟹工船』という流れをみますと、プロレタリア作家となった多喜二が、暴力をどのように描いていったかがわかってきます。暴力を、止めることのできない人間の本性としてある種肯定的に描くところから、これは本性というよりも、何らかの事情や背景のもとで暴走してしまう、条件づけられたものである、と描く方向に変わっていったように思われます。暴力は、直接的には身体に振るわれる打撃ですが、それが大きな政治的圧力としてかけられてくる場合もあります。そうした暴力に対してどのように対抗していくのか、それに関する多喜二の考え方は、彼の作品をつくり上げていく歩みのなかで、次第に変わっていくのです。

> 第五章では「中積船」がやってくる場面が出てきます。沖に出て操業している蟹工船は何カ月もそこに留まって仕事をしなければなりませんから、補給のための物資を持ってやってくる船があります。それが中積船です。労働者たちは、その中積船による娯楽を何よりも楽しみにしています。
>
> （P81・2～）

中積船は漁夫や船員を「女」よりも夢中にした。この船だけは塩ッ臭くない、――函館の匂(にお)いがしていた。何カ月も、何百日も踏みしめたことのない、あの動かない「土」の匂いがしていた。それに、中積船には日附の違った何通りもの手紙、シャツ、下着、雑誌などが送りとどけられていた。

乗組員の漁夫や雑夫たちの束(つか)の間の慰安(いあん)と娯楽(ごらく)を提供する中積船が、どれほど彼らにとって大事なものだったのかは「『女』よりも夢中にした」と書かれていることからもわかります。家族の消息や子どもたちの成長の有り様なども、そこに積まれた手紙に書かれています。さらに、中積船には活動写真の装置が積んであり、獲れた蟹の缶詰を中積船に移してしまったあとの空いた船室で、活動写真隊が上映します。その中には、様々な風景の映像や美しい女優が出てくる洋画もあり、「西部開発史」を取り扱った活劇も上映されました。ここでは、会社から雇われた活動弁士が、どこに力を入れてしゃべれと命令されてきたのか、種明かしもなされます。（P86・3〜）

西洋物はアメリカ映画で、「西部開発史」を取扱ったものだった。――野蛮人の襲撃をうけたり、自然の暴虐に打ち壊されては、また立ち上り、一間一間と鉄道をのばして行く。途中に、一夜作りの「町」が、まるで鉄道の結びコブのように出来る。そして鉄道が進む、その先きへ、先きへと町が出来て行った。――そこから起る色々の苦難が、一工夫と会社の重役の娘との「恋物語」ともつれ合って、表へ出たり、裏になったりして描かれていた。最後の場面で、弁士が声を張りあげた。

「彼等幾多の犠牲的青年によって、遂に成功するに至った延々何百哩（マイル）の鉄道は、長蛇の如く野を走り、山を貫き、昨日までの蛮地は、かくして国富と変ったのであります。」

重役の娘と、何時の間にか紳士のようになった工夫が相抱くところで幕だった。

間に、意味なくゲラゲラ笑わせる、短い西洋物が一本はさまった。

日本の方は、貧乏な一人の少年が「納豆売り」「夕刊売り」などから「靴磨き」をやり、工場に入り、模範職工になり、取り立てられて、一大富豪になる映画だった。――弁士は字幕（タイトル）にはなかったが、「げに勤勉こそ成功の母ならずして、何んぞや！」といった。

それには雑夫たちの「真剣な」拍手が起った。しかし漁夫か船員のうちで、

「嘘こけ！　そんだったら、俺なんて社長になってねかならないべよ。」

と大声を出したものがいた。

それで皆は大笑いに笑ってしまった。

そのなかで糞壷の階段を南京袋のように転がってきた漁夫が、監督に殴（なぐ）られた仕返しに、監督をぶっ殺してやるのだと言って、犯行に出ようとしている姿が見られます。事実、次の朝になって監

督の部屋の窓ガラスからテーブルの道具が滅茶苦茶に壊されていました。しかし、監督はどこにいたのか運よく「こわされて」いませんでした。いよいよ、がまんできなくなった労働者の反抗が始まるのではないか、という予兆がちらりと出てくる場面です。

さて第六章は、ボーイの視点で描かれていきますが、ボーイというのはとても面白い立場にいます。船の甲板の上にある船橋には操舵室があり、上級の人たちが使用するサロンもあります。そこに駆逐艦の乗組員がやってきて、宴会が始まり、ビールが出る、蟹が出る、「喰ったことも、見たことも無え洋食」も出ます。士官が「臭いね。」と一言うそぶきますが、彼らは贅沢三昧で、酔っぱらったあげく酔い潰れて、嘔吐物がそこらにちらばり、こちらのほうがよっぽど臭いわけです。一方で労働者たちは、「ボロボロな南京米に、紙ッ切れのような実が浮んでいる塩ッぽい味噌汁」という粗末な食事に甘んじなければなりません。こうした、上級の乗組員や駆逐艦の士官たちとみじめな労働者たち、その上級と下級の両方を見通せる立場にいるのがボーイなのです。彼らは給仕ですから、サロンに出入りできる数少ない労働者で、上層部の人たちの腐ったような生活態度などを見ていますから、漁夫や雑夫たちのほうに共感を抱いているわけです。（p93・4〜）

> 公平にいって、上の人間はゴウマンで、恐ろしいことを儲けのために「平気」で謀んだ。漁夫や船員はそれにウマウマ落ち込んで行った。——それは見ていられなかった。

何も知らないうちはいい、給仕は何時もそう考えていた。彼は、当然どういうことが起るか——起らないではいないか、それが自分で分るように思っていた。

軍隊である駆逐艦の士官たちが宴会をやっていることに対して、漁夫や雑夫としての労働者たちはどう思っているのか、そこの部分を見て行きましょう。（p93・13〜）

「何やるんだか、分ったもんでねえな。」
「俺たちの作った缶詰ば、まるで糞紙よりも粗末にしやがる！」
「しかしな……」中年を過ぎかけている、左手の指が三本よりない漁夫だった。「こんなところまで来て、ワザワザ俺たちば守っててけるんだもの、ええさ——な。」
——その夕方、駆逐艦が、知らないうちにムクムクと煙突から煙を出し初めた。デッキを急がしく水兵が行ったり来たりし出した。そして、それから三十分ほどして動き出した。艦尾の旗がハタハタと風にはためく音が聞えた。蟹工船では、船長の発声で、「万歳」を叫んだ。

つまり、監督や船長といった上層部の人たちだけでなく、多くの労働者もまた、駆逐艦は自分たちを護ってくれるものだという認識になっています。蟹工船に乗り込んできて自分たちの労働の結晶である蟹の缶詰を粗末に扱う駆逐艦の士官たちに対して、「まるで糞紙よりも粗末にしやがる！」

といった反感も抱いていますが、やはり軍隊に対しては、なかば無理やりではありますが、「万歳」を叫ぶという気持ちを持たされているということです。

ボーイは糞壷に降りてきて、労働者にこのような話をほのめかします。（p95・5〜）

「俺初めて聞いて吃驚（びっくり）したんだけれどもな、今までの日本のどの戦争でも、本当は――底の底を割ってみれば、みんな二人か三人の金持の（そのかわり大金持の）指図で、動機（きっかけ）だけは色々にこじつけて起したもんだとよ。何んしろ見込のある場所を手に入れたくて、手に入れたくてパタパタしてるんだそうだからな、そいつらは。――危いそうだ。」

閉鎖空間である蟹工船のなかの限られた登場人物たちは、明らかに上層部と下層部に構造化して描かれています。この対立の間をいったりきたりして、上層部の様子や生態、その相談の中身を見聞きして、それを労働者たちにそれとなく伝える立場にいるのがボーイであり、労働者たちにも情報がもたらされているのです。それによって、労働者たちは、軍隊というものの本質や、戦争が誰のためにどのように始められるのかについても知っていくわけです。

このようにして、帝国主義の本質や支配階級のあり方が次第に描き出されていき、漁夫や雑夫たちの支配層に対する反感が高められていきます。そして『蟹工船』の後半では労働者の反感が次第に盛り上がり、反逆とストライキが起こっていく、というところに進んでいくわけです。

ここではサロンと下級船室が対比的に描かれ、漁夫や雑夫たちは、糞壷と呼ばれる居住空間におり、異臭を放つ人糞のような扱いを受け、便所紙よりも粗末に扱われています。浅川は、「船長といってりゃ大きな顔してるが、糞場（くそば）の紙ぐれえの価値（ねうち）もねえんだど。」と、船長までも人間扱いをしていません。一方で上層の乗組員や駆逐艦の士官たちは、サロンで高級食料品である蟹缶を飽食しています。労働の成果である蟹の身を媒介とする二つの場所の対比が、この蟹工船という世界を象徴的に描き出す構造の一つなのです。生命・身体をそこなう過酷な労働を強いる上層部に対して、俺たちの血と肉をしぼっているのだという労働者の実感が込められていることを、頭のなかに入れておいていただきたいと思います。

第七章は、事故と水葬（すいそう）についての場面です。蟹を獲る作業にあたる小舟である川崎船は、ウインチで本船に巻き上げられ、蟹の加工が終わるとウインチで海に降ろされます。船は風が吹くと揺られ、そこで働いている労働者たちに当たったり、挟まれて怪我をするなど、それは危険この上もない作業でした。ある日、上から下りてきた川崎船がぐらりと揺れ、労働者の首をつめてしまう事故が起こります。漁夫たちは船医のところにかつぎ込み、多少なりとも労働者たちに同情する節があったので、監督との折衝（せっしょう）に必要な診断書を書いてもらおうと、一人が切り出します。（P96・15〜）

「さあ、診断書はねえ……。」

「この通りに書いて下さればいいんですが。」

はがゆかった。

「この船では、それを書かせないことになってるんだよ。勝手にそう決めたらしいんだが。……後々のことがあるんでね。」

気の短い、吃（ども）りの漁夫が「チェッ！」と舌打ちをしてしまった。

「この前、浅川君になぐられて、耳が聞えなくなった漁夫が来たので、何気なく診断書を書いてやったら、飛んでもないことになってしまってね。――それが何時までも証拠になるんで、浅川君にしちゃね……。」

　彼等は船医の室を出ながら、船医もやはりそこまで行くと、もう「俺たち」の味方でなかったことを考えていた。


浅川の暴力的支配は、まず船長に対して向けられましたが、船医も労働者の味方ではないということが明らかになります。いったい誰が味方なのかと、過酷な労働のなかで追い詰められていく労働者たちの姿が描かれています。

一方、首をつめた漁夫は一命を取り留めますが、前から寝たきりになっていた脚気（かっけ）の漁夫は、二七歳の若さで死んでしまいます。先ほどから彼らの居住空間のことを「糞壷」と呼んでいましたが、この糞壷にいるのは誰なのか、比喩的な意味でいえば「糞便」だということになります。この脚気で亡くなった漁夫の姿は、まさにそのような姿になっていました。（p98・4〜）

> 脚気がひどくなってから、自由に歩けなかったので、小便などはその場でもらしたらしく、一面ひどい臭気だった。褌もシャツも赭黒く色が変って、つまみ上げると、硫酸でもかけたように、ボロボロにくずれそうだった。臍の窪みには、垢とゴミが一杯につまって、臍は見えなかった。肛門の周りには、糞がすっかり乾いて、粘土のようにこびりついていた。
> 「カムサツカでは死にたくない。」――彼は死ぬ時そういったそうだった。しかし、今彼が命を落すというとき、側にキット誰も看てやった者がいなかったかも知れない。そのカムサツカでは誰だって死にきれないだろう。漁夫たちはその時の彼の気持を考え、中には声をあげて泣いたものがいた。

この漁夫は、あたかも自分自身が糞壷のなかの糞と同じように、糞・小便にまみれて誰にも看取られることなく死んでいったのです。これに対して漁夫仲間は、お葬式をしてやろうと思い、お通夜では漁夫が仲間同士で切れ切れのお経を上げます。そのお通夜のなかで、「吃り」のある漁夫が、彼を殺したものの仇をとることで供養をするのだと発言して、賛同の声があちこちから挙がってくるという場面が描かれていきます。

その後、浅川監督の指示で、みんなが出航してしまった後、居残っていたわずかばかりの人びとによって水葬にふされてしまいます。古物の麻袋に詰め込まれて、極寒のカムチャツカの海に沈められるという、情けない状態でした。自分たちでしっかり見送ってやろうとしていた仲間の漁夫たちが、出漁から帰ってきますが、いない間にわずかばかりの人たちにしか見送られることなく、沈められていったという話を聞きます。そして、監督浅川の横暴な態度とその措置について反抗の気持ちが芽生えてくることになっていきます。第七章の末尾の部分です。(p103・15〜)

——漁夫が漁から帰ってきた。そして監督の「勝手な」処置をきいた。それを聞くと、怒る前に、自分が——屍体(したい)になった自分の身体が、底の暗いカムサツカの海に、そういうように蹴(け)落(おと)されでもしたように、ゾッとした。皆はものもいえず、そのままゾロゾロタラップを下りて行った。「分った、分った。」口の中でブツブツいいながら、塩ぬれのドッたりした袢天(はんてん)を脱いだ。

『蟹工船』という小説には、ごく限られた人を除いて登場人物に名前がつけられていないところに一つの特徴があります。名前が出てくるのは、監督浅川、雑夫宮口、水葬された山田くらいで、このわずかな人物を除いては、漁夫、雑夫、工場長、船長などと呼ばれ、労働者たちも、学生あがり、芝浦から来た男というように、特定の名前はついていません。これはなぜかということですが、この作品には小林多喜二が書いた下書きのノート（下の写真）が残っており、出だしや構想についても、現在私たちが見ている『蟹工船』とはかなり違ったかたちで構想されていたことがわかります。蟹工船に乗り組んでくる漁夫たちにも、主要な人たちには名前が付いていた痕跡（こんせき）を窺（うかが）うことができます。

元々この小説は、蟹工船に乗り組んで帰ってきた一人の漁夫が、出漁中に書き溜めていたメモを基にして、いい加減なことを報じている新聞などに対して、本当のことを書いてやろうと思って、回想手記を記すという構想の下で、書かれ始めました。ところが書き進んでいくに従って、ついていた名前が少なくなっていき、やがて名前がほとんど出てこなくなっていく、という修正がなされていくのです。

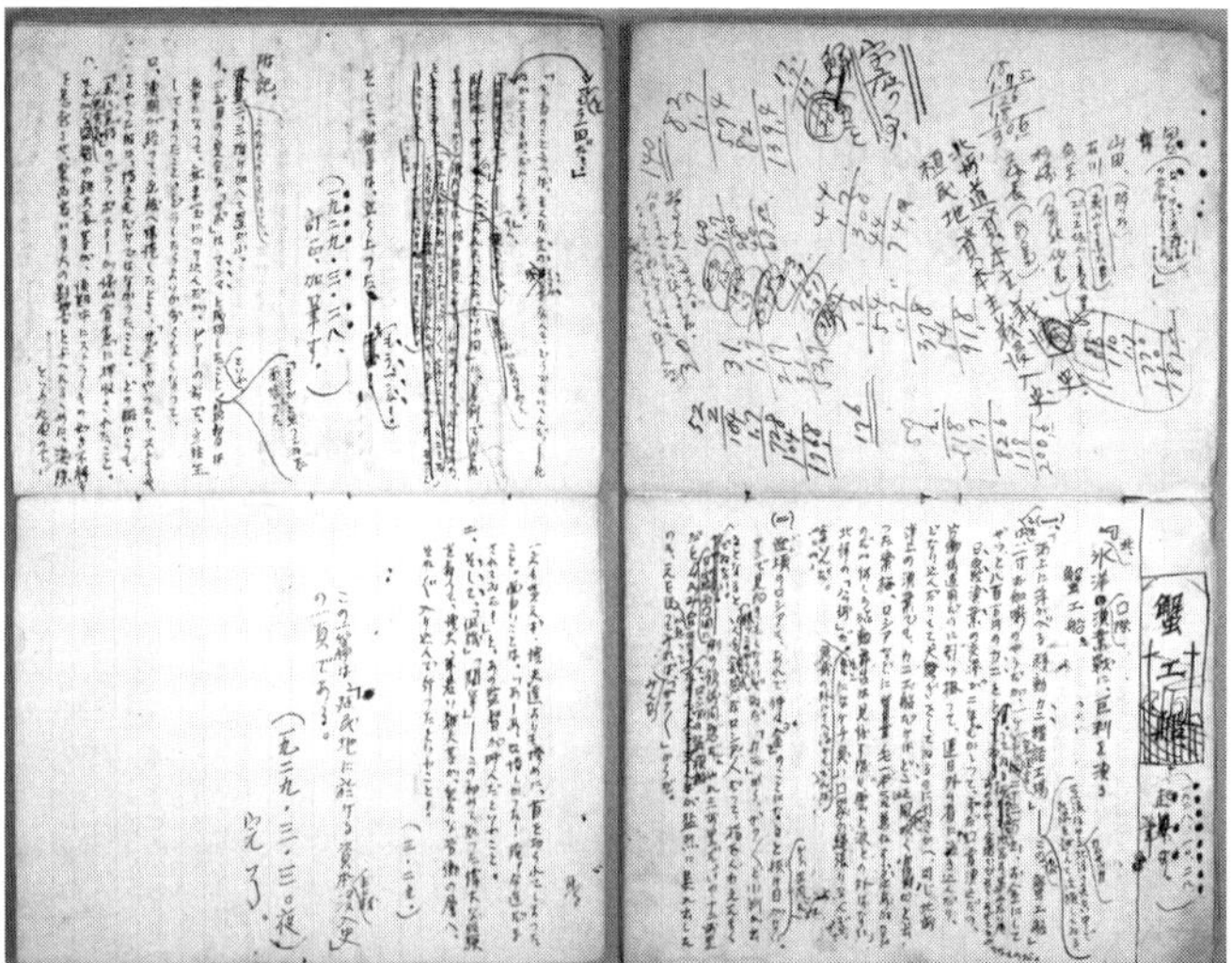
「蟹工船」草稿ノート　右・発端部　左・結末部

『蟹工船』という作品は、集団（グループ）を描くということから、個々の人物に焦点が当てられないように書かれているのですが、いよいよ反抗ということになって、主だった人たちが出てきます。その一人が、浅川の態度に対して、仇(あだ)をとることで供養をするのだと言っていた「吃(ども)り」の漁夫です。次に、「威張んな」と言い返した漁夫が登場します。そして、第八章の冒頭のところですが、あまりにも監督の態度がひどすぎるということで、働く気がしない、いい加減に働く、というサボタージュがまん延します。過酷な管理にならされてしまっている中年過ぎの漁夫たちの中には、こうしたことをやっていると、きっとまた激しいヤキを入れられるのではないかという気持ちもありますが、サボタージュが効いていくことを目の当たりにして変わっていきます。

困ったのは川崎船の船頭です。船頭というのは、監督の言うことを聞いて、出漁するときに漁夫たちの管理をしなければならない、中間管理職のような立場にあります。（p105・l～）

結局三分の一だけ「仕方なしに」漁夫の味方をして、あとの三分の二は監督の小さい「出店」――その小さい「〇」だった。

あるいは「監督の蓄音機だった」とも書かれていますが、その小さい「〇」だったというのは何を指していたのでしょうか。これは、校訂を重ねて印刷されたものをいろいろ見ても、長いことこのままになっていて、何を意味しているのかわかりませんでした。ところが、『蟹工船』の下書きのノートを見ますと、ここは「その小さい爪だった」と書かれています。蟹工船で蟹を扱っていますから、川崎船の船頭が監督の出店であり、蓄音機であり、小さい爪だったと言われるのも、もっともだということになります。印刷された本文にはこの「爪」という言葉は出てきませんが、「〇」の代わりに入るとすれば、ここは「爪」という字が入るということになります。

その船頭に対して、少し酔っていた平漁夫は怒鳴ります。（p105・10〜）

「手前え、何んだ。あまり威張ったことをいわねえ方がええんだで。漁に出たとき、俺たち四、五人でお前えを海の中さタタキ落すぐらい朝飯前だんだ。――それッ切りだべよ。カムサツカだど。お前えがどうやって死んだって、誰が分るッて！」

このように言い返した「威張んな」の漁夫の登場で、この言葉は、漁夫たちの流行言葉となっていきます。それまで、ひどい目にあわされていても屈辱しか知らなかった漁夫たちですが、「俺たち」にも反逆することができるのだろうか、できるかもしれない、という気持ちが食い込んでいきます。これまでさんざ絞られ、残酷極まりない労働で痛めつけられてきたことが、かえって反抗心を目覚めさせるきっかけとなり、力になると感じられるようになってくるのです。この「威張んな、この野郎」という反抗心が効き目を見せてきます。（p106・13〜）

それと似たことが一度、二度となくある。そのたびごとに漁夫たちは「分って」行った。そして、それが重なってゆくうちに、そんな事で漁夫らの中から何時でも表の方へ押し出されてくる、きまった三、四人が出来てきた。

これはとても大事なことです。これまでは、個というものを立てずに描かれてきた蟹工船の労働者たちのなかに、何人かの中心になる人たちが出てきたということです。この三、四人を皆の意見の代表だと考えて、彼らの考えに従って動いていくように自然になっていきます。どんな人たちかといいますと、その少し後です。

――学生上りが二人ほど、吃(ども)りの漁夫、「威張んな」の漁夫などがそれだった。

名前で書かれているわけではありませんが、こうした人たちが少しずつ中心になっていきます。なかには、わざとカムサツカに漂流して赤化宣伝に触れてくる者も出てきます。このようにして次第次第に、労働者の間に、どのようにすればこれほどまでにひどい労働から抜け出すことができるのか、というわずかばかりの自覚のようなものが生まれてきます。反抗心が形になり、団結心が芽生えてくる、という道筋になっていくのです。（p110・5〜）

蟹工船の「仕事」は、今では丁度逆に、それらの労働者を団結――組織させようとしていた。いくら「抜け目のない」資本家でも、この不思議な行方までには気付いていなかった。それは、皮肉にも、未組織の労働者、手のつけられない「飲んだくれ」労働者をワザワザ集めて、団結することを教えてくれているようなものだった。

労働組合というほどのものではありませんが、労働者たちが団結をし、組織的な反抗を行って、会社側、支配側と対抗していこうとする動きができ上がっていく道筋が、ここでは書かれているのです。

第九章では、上層部と労働者たちとの緊張がいっそう激化していきます。監督は、労働者たちが言うことを聞かなくなってくるので慌（あわ）てだし、大きなビラを貼り付けます。（p111・8〜）

> 仕事を少しでも怠（なま）けたと見るときには大焼きを入れる。
> 組をなして怠けたものにはカムサツカ体操をさせる。
> 罰として賃銀棒引き、
> 函館へ帰ったら、警察に引き渡す。
> いやしくも監督に対し、少しの反抗を示すときは銃殺されるものと思うべし。

監督は、労働者たちに対する搾取をさらに厳しくしようと試みます。監督は弾（たま）をつめたピストルを持っており、本当に銃殺するぞと威嚇(いかく)します。「この船全体は会社のものだ、わかったか」と、資本家の力が浅川の口を介して言わせます。それに対して労働者たちは、自分たちは殺されるかも知れないという気持ちになっていきます。（p114・6〜）


　――「鎖」が、ただ、眼に見えないだけの違いだった。皆の足は歩くときには、吋太(インチぶと)の鎖を現実に後に引きずッているように重かった。

「俺ア、キット殺されるべよ。」

「ん。んでも、どうせ殺されるッて分ったら、その時アやるよ。」

芝浦の漁夫が、

「馬鹿！」と、横から怒鳴りつけた。「殺されるッて分ったら？　馬鹿ア、何時(いつ)だ、それア。――今、殺されているんでねえか。小刻みによ。彼奴(あいつ)らはな、上手なんだ。ピストルは今にもうつように、何時でも持っているが、なかなかそんなヘマはしないんだ。あれア「手」なんだ。――分るか。彼奴等は、俺たちを殺せば、自分らの方で損するんだ。目的は――本当の目的は、俺たちをウンと働かせて、締木(しめ)にかけて、ギイギイ搾り上げてしこたま儲けることなんだ。そいつを今俺たちは毎日やられてるんだ。――どうだ、この滅茶苦茶は。まるで蚕(かいこ)に食われている桑の葉のように、俺たちの身体が殺されているんだ。」

命も奪われようとしていると言うが、毎日少しずつ殺されているのではないかと、芝浦は言います。そして、芝浦の言葉に相槌を打ちながら聞いていた「吃り」は、こう言います。（p116・12〜）

うんと威張るんだ。底の底のことになれば、うそでない、あっちの方が俺たちをおッかながってるんだ。ビクビクすんな。

水夫と火夫がいなかったら、船は動かないんだ。――労働者が働かねば、ビタ一文だって、金持の懐にゃ入らないんだ。さっきいった船を買ったり、道具を用意したり、仕度をする金も、やっぱり他の労働者が血をしぼって、儲けさせてやった――俺たちからしぼり取って行きやがった金なんだ。

このように、搾取の仕組みについて、またそれが蟹工船の中でどのように機能しているのかについて、公然と語りだすものが出てきたのです。当初、それぞれ出自もさまざまで、ここに来るまでの経歴もまちまち、学歴や教養もバラバラであった喰いつめものの労働者たちが、そのなかの何人かを核にしながら反抗の機運を高めていきます。自分たちが働かなければ彼らのもとには一銭のお金も入っていかないのだ、という強い気持ちを背後に、いよいよ反抗に立ち上がるというのが、最後の第十章ということになります。

また時化がやってきそうな三角波が立つ天候のなかで、川崎船を出して漁に行かせようとするのに対して、大暴風になるのがわかっていて海に出て行くことなどできないと、漁夫の一人が「やめたやめた！」「糞でも喰らえ、だ！」と言い始めたのがきっかけでした。一人ふたりがそう言い始めるのを待っていたかのように、皆が引き上げようとします。船頭たちがどう止めても、立ち止まっては振り返っていた二人、三人の漁夫も含めて、仕事をやめるとストライキに立ち上がっていくことになります。やがてそれは、漁夫たちばかりでなく、石炭をくべる火夫のところまで広がります。ストライキを起こした代表が、人間の燻製ができそうな熱いボイラー室に降りていき、石炭を焚いている労働者たちに呼びかけます。（p122・11〜）


「ストライキやったんだ。」

「ストキがどうしたって？」

「ストキでねえ、ストライキだ。」

「やったか！」

「そうか。このまま、どんどん火でもブッ燃いて、函館さ帰ったらどうだ。面白いど。」

吃りは「しめた！」と思った。

「んで、皆勢揃えした所で、畜生らにねじ込もうッていうんだ。」

「やれ、やれ！」

「やれやれじゃねえ。やろう、やろうだ。」
学生が口を入れた。
「んか、んか、これア悪かった。――やろうやろう！」火夫が石炭の灰で白くなっている頭をかいた。
皆笑った。

いよいよ彼らは立ち上がったのです。吃りの漁夫は、普段は吃っていたはずなのに、一段高いところに上がって、吃もらずに演説を行います。（p124・5～）

「諸君、とうとう来た！ 長い間、長い間俺たちは待っていた。俺達は半殺しにされながらも、待っていた。今に見ろ、と。しかし、とうとう来た。……」

こうして、彼らは団結を保って交渉をしようとします。十五、六歳のまだ少年のような雑夫が、こう訴えます。（p125・13～）

「皆さん、私たちは今日の来るのを待っていたんです。」――壇には十五、六歳の雑夫が立っていた。「皆さんも知っている、私たちの友達がこの工船の中で、どんなに苦しめられ、半殺しにされたか。夜になって薄ッぺらい布団に包まってから、家のことを思い出して、よく私たちは泣きました。ここに集っているどの雑夫にも聞いてみて下さい。一晩だって泣かない人はいないのです。そしてまた一人だって、身体に生キズのないものはいないのです。もう、こんな事が三日も続けば、キット死んでしまう人もいます。……」

そして、「大人の人に助けて貰って、私たちは憎い憎い、彼奴らに仕返ししてやることが出来るのです」と言い、嵐のような拍手を受けます。代表たちは、船長室に押しかけて幹部と交渉します。ピストルを手にした浅川は、「後悔しないんだな。」と居直ります。（p127・14～）

「じゃ、聞け。いいか。明日の朝にならないうちに、色よい返事をしてやるから。」――だが、いうより早かった、芝浦が監督のピストルをタタキ落すと、拳骨で頬をなぐりつけた。監督がハッと思って、顔を押えた瞬間、吃りがキノコのような円椅子で横なぐりに足をさらった。監督の身体はテーブルに引っかかって、他愛なく横倒れになった。その上に四本の足を空にして、テーブルがひっくりかえって行った。

「色よい返事だ？　この野郎、フザけるな！　生命にかけての問題だんだ！」

芝浦は巾の広い肩をけわしく動かした。水夫、火夫、学生が二人をとめた。船長室の窓が凄い音を立てて壊れた。その瞬間、「殺しちまい！」「打ッ殺せ！」「のせ！　のしちまえ！」外からの叫び声が急に大きくなって、ハッキリ聞えてきた。

交渉をして浅川を叩きのめしたことで、労働者たちは大喜びします。しかし、明け方になる前に、監督の命によって無線が打たれ、受信をした駆逐艦から水兵たちが乗り込んできて、あっという間に代表の九人は検束され、銃剣を突きつけられて駆逐艦に護送されてしまいます。一枚の新聞紙が燃えてしまうのを見ているよりも、他愛(たあい)なく簡単に片付いてしまったのです。こうしてこのストライキは、いったん敗北を被ることになります。その結果として、彼らは身を以って知らされます。（p131・4～）

「俺たちには、俺たちしか、味方が無(ね)えんだな。始めて分った。」
「帝国海軍だなんて、大きな事をいったって大金持ちの手先でねえか、国民の味方？　おかしいや、糞食らえだ！」

毎年作られる蟹缶詰の献上品に「石ころでも入れておけ！」と言うように、彼らは自分たちの反抗の気持ちを表現していきます。そして彼らはますますひどくなった搾取に対して、本当に殺される前に、誰が代表だと表に出すのではなく、皆が力を合わせて、もう一度立ち上がるのだ、と書かれています。（p133・13～）

「本当のことをいえば、そんな先きの成算なんて、どうでもいいんだ。――死ぬか、生きるか、だからな。」

「ん、もう一回だ！」

そして、彼らは、立ち上がった。――もう一度！


小説としてはここで終わっていていいはずなのです。ところがこの『蟹工船』という小説には「附記」が付いており、さらにその附記の後に、こうあります。（p135・4～）


――この一篇は、「殖民地に於ける資本主義侵入史」の一頁である。

（一九二九・三・三〇）


前にご紹介した多喜二の創作ノートを見ますと、この小説は何度も終わっているのです。まずは、ここでご紹介した終わり方です。実は、この前に一度終わったという場所があり、そこには「俺たちには、俺たちしか味方が無(ね)えんだ。」（p132・5参照）と付け加えています。

そして、この付け足しの後で、さらに加筆をして、「今にみろ！」というところで終わったとしています。「しかし『今にみろ』を百編繰り返えして、それが何になるか。」（p132・8参照）、ということをどうして書きたくなります。そこで、それ以後の部分（p132・8～参照）を書き足して、もう一回ここで終えたとします。けどもまだ足りません。そこで「附記」（p134・4参照）を書き、ここでまた終わらせるわけです。そして、附記を書き終えた後から付け加えた、「この一篇は、『殖民地に於ける資本主義侵入史』の一頁である」という最後の一行（p135・4参照）が書き加えられて、一九二九年の三月三〇日夜に完了、とノートではなっているのです。

ですから、ストライキがやっつけられて「今にみろ」というところで一回終わらせますが、それでは、労働者たちが「今にみろ」と反抗心を抱いただけで、すっきりしない。「もう一度立ち上が るところを描こうとして、一度終わらせたものにもう一回書き加える。そして、「もう一度立ち上が」ってここで終われば、小説としてはそれで十分なのですが、さらにその後のことを附記として書き足す。それでもまだ足りないと思って、付け足しの一行を書き加えた。……このようにして、『蟹工船』の最後は書かれているわけです。

こうして、この小説をどこで終わらせるか、多喜二がかなり苦心をしたことを見てきました。そして終わった後の後日談については、附記という形で付け加えました。これから先のことについては詳しくは書かないけれども、このようなことがありましたとメモにしておこう、という書き方に心当たりはありませんか。「読み直し文学講座第Ⅳ巻」でお話ししました志賀直哉の小説『小僧の神様』で、最後の最後に「作者」というのが登場し、「小僧が訪ねていった先に、小さい稲荷の祠（ほこら）

があった」と書こうと思ったけれども、それはやめにした、と書かれていたことを思い出された方もいらっしゃるかと思います。もしこの附記にある内容を長々と書けば、彼らの努力が無駄（むだ）ではなかったことがはっきりわかるかもしれませんが、小説としては蛇足（だそく）になってしまいます。そうかといって想像にまかせるというのも、多喜二にとっては物足りないものがあったために、附記という形でそれを付け足したのです。書かずに書く、書かないようでいて書いている、という書き方は、多喜二が志賀直哉から学んだものだったと考えていいかもしれません。

さて、この小説ですが、汚れて卑しいものが高貴なものに反転していく、というところに主眼があったことがおわかりいただけたと思います。

例えば、蟹缶（かにかん）は糞紙（くそがみ）よりも粗末に扱われます。その蟹缶は漁夫たちにとって、血と肉をしぼりあげられながらも、大事に作ったものです。その漁夫はといえば、糞壷に押し込められ、その身体は糞と化しているような存在として扱われています。つまり、献上品の蟹缶に、蟹肉の代わりに「石ころでも入れておけ！」というのはまだ穏やかで上品な表現であり、文字通りの意味は「糞喰らえ」ということです。

過酷な条件で肉体や生命まで損ないつつ働く労働者の生活は、一見すればみじめなものと価値付けられるでしょう。一方、サロンで暮らす上層部は、社会的には上品で優雅な人々とみられ、高級食品である蟹缶を贈答（ぞうとう）できる、うらやましい生活とされるでしょう。それが、労働者が精魂（せいこん）込めて作った蟹缶を媒介として、正反対の関係にひっくり返されます。ここが『蟹工船』という小説のもっている真の衝撃（しょうげき）であり、インパクトであると言えます。

　多喜二が蔵原惟人宛に出した手紙には、「現実に労働している大衆を心底から揺り動かすだけの力」をもったものとして描きたい、と書かれています。そのインパクトは、この小説の背後にある仕組み、すなわち帝国主義的資本主義体制とその向こう側に見通される天皇制はもっとも汚穢（おえ）に満ち満ちたものであり、「臭い」「汚い」と貶（おとし）められた労働者の反抗は、かえって人間らしさを取り戻すための尊い聖性（せいせい）を帯びたものとして描き出される、というところに求められます。このような強烈な文学的仕掛けが、『蟹工船』という作品を、今日に至るまで、私たちの時代に生きる作品として読み継がれるものにしている、と言えるのではないかと思います。

《『不在地主』》

第1章　前駆作『防雪林』から『不在地主』への進化とは

ここからは、小林多喜二の『不在地主』を読み直す、ということですが、この章では、多喜二が『不在地主』を書くにあたって下書きとした、前駆作（ぜんくさく）の『防雪林』という作品を中心に話を進めていきます。それでは、多喜二の作家としての生涯のなかで、この二つの作品はそれぞれどういう意味を持っていたのでしょうか。『防雪林』は『不在地主』の下書きでしょうとか、『不在地主』は『防雪林』の焼き直しでしょう、といった見方もあると思いますが、どちらも大事な作品であることは疑いありません。その辺を見ていきたいと思います。

岩波文庫では、『防雪林　不在地主』というタイトルで一冊の本になっていますが、これは今から一〇年ほど前の二〇一〇年に改版されて出た本です。それまであった岩波文庫版は、プロレタリア文学者の江口渙（かん）さんという、多喜二の同時代の人が解説をつけたものでした。ちょうど『蟹工船』

のブームがあり、その岩波文庫が改訂増補版として再刊されたといういきさつがありました。この岩波文庫改訂増補版には、江口さんと並んで私の解説も書き加えられています。

今回、この『防雪林　不在地主』をテキストに指定しようとしましたが、岩波書店で品切れになっており、古本業界でも元の三倍ぐらいの高値が付いていて、普通に買うのはちょっと厳しいということがわかりました。ありがたいことに、『防雪林』も『不在地主』も、インターネット上の図書館といわれ自由に見ることができる『青空文庫』版があり、今回はそれを使うことにしました。検索をしますとご覧いただけますので、手元にない方、入手できないという方は、こちらをお使いになってください。

『蟹工船』新潮文庫版は、一〇年前に一〇〇万部を超える売れ行きでして、今日でも簡単に入手することができますが、こちらも『青空文庫』に本文があがっていますので、そちらからご覧いただくこともできます。余談になりますが、十数年前の「蟹工船ブーム」のときは、この『青空文庫』の『蟹工船』も、アクセス数は第一位になっていました。

それでは、本文に入っていきます。『防雪林』と『不在地主』という二作品のうち、『不在地主』は、多喜二が『中央公論』の依頼を受けて執筆したものです。

多喜二は『蟹工船』で大きな反響を得、この作品一作によって一躍注目される存在になりました。この作品は、プリレタリア文学の運動団体である「ナップ」が出していた『戦旗（せんき）』という雑誌に掲載されたもので、いわばプロレタリア文学運動内部のメディアによって流通し、注目されたものでした。当時、文芸作家たちの憧れる最高峰のメディアといいますと、『中央公論』と『改造』という二つの総合雑誌でした。この二つの雑誌は、文芸に大きな力を入れており、ここに依頼されて作品を発表できるということは、作家にとって名誉でもあり、飛躍のチャンスでした。小林多喜二も、『蟹工船』の成功をきっかけとして、『中央公論』から原稿を依頼され、一九二九年一一月号の『中央公論』に掲載されたのが、『不在地主』という作品でした。これが本格的なメジャー雑誌のデビュー作となり、大きな反響を呼び、さまざまなところに影響を与えました。

ところで、この『不在地主』は、多喜二のノートの原稿を見ますと、「『防雪林』改題」と書き込みがあります。では、ノートに残っている『防雪林』と比べて、改題をしただけなのかと調べてみますと、『防雪林』にはまた別原稿があるのです。この二つの小説は、題材上の共通性をもつとはいえ、その文体や展開、テーマが大きく異なり、まったく違った感触を受ける作品になっています。そのことをまず、頭の中に入れておいていただきたいと思います。

二つの作品のいずれが、文学として上作なのか、あるいは文学史的に価値があるのかは、好みの問題もありますし、一概には言えません。ただ、『不在地主』は、小林多喜二が『蟹工船』を書いた後に、『中央公論』というメジャーな総合雑誌に発表した本格的なデビュー作なのに対し、『防雪林』は、書かれて後ずっと彼のノートの中に眠ったままになっていたのです。多喜二の作品や遺稿を探すなかで、日記などからその存在は知られていましたが、活字に起こされて一般の目に触れることはありませんでした。それが、戦後の一九四七（昭和二二）年になって、多喜二全集の編纂中に、『防雪林』という作品の別原稿が見いだされました。それを編集に携わっていた人たちが読んでみたところ、大変な傑作であり、下書きのまま埋もれさせてしまうべきではないということになり、改めて脚光を浴びることになった、という経緯があります。

ではなぜ、多喜二は『防雪林』という作品を下書きのままに止めてしまったのか、それは、彼が一般の作家として文学修行をしていたところから、プロレタリア文学の運動に加わる作家に自分の立ち位置を変えていった、その経緯と深い関係があることがわかっています。『防雪林』の執筆は、多喜二が小樽高等商業学校を卒業し、北海道拓殖銀行の小樽支店に勤めていた頃にさかのぼります。

当時小樽は北海道の経済の中心でしたから、拓銀の小樽支店は、北海道の経済界の一つの中枢的な機関ということになります。小樽高商出身で、北海道拓殖銀行小樽支店勤務ということですから、ゆくゆくは幹部になるコースに乗っていたわけです。多喜二は、今の小樽商科大学の前身である小樽高商時代から、ずっと文学を勉強していました。拓銀の銀行員になってからも、銀行員としての仕事を真面目にやりながら、文学者としての修行も続けていたわけです。彼が、銀行員であり、作家修業をしていた頃、彼の一生を通じての思い人となる田口タキという女性と知り合い、彼女を苦界から救い出すという行動も起こしており、そのことを題材にした小説も書き残しています。

それが、小樽の町で起きていた労働運動に関心を持ち、社会主義の学習運動にも加わるようになります。さらに、『不在地主』の直接の題材となる磯野農場の小作争議にも遭遇し、次第にそうした運動との関わりを深めていきます。彼は二〇代の半ばでしたが、さまざまな文化に触れ、文学の修行をし、人生経験を重ね、そして社会主義の運動に理論的にも実践的にも近づいていく、そうしたなかで『防雪林』は書かれたのです。

「析々帳」という名前が付いた、多喜二が大学ノートに記した日記帳があります。一九二六年から二七年にかけてのもので、二八年は一月一日付だけしか残っていませんが、この日記帳の中身は文学の話題が中心で、どんな文学を読んだのか、どんな感想をもったのか、ということが書かれています。さらに、田口タキとのこと、マルクス主義、社会主義の理論を勉強していたこと、労働争議や小作争議に関わっていくことなどが、こと細かに書かれています。その「析々帳」の中に、『防雪林』に触れて書いている部分がいくつかあります。

> 「防雪林（石狩川のほとり）」約百二、三十枚位の予定で三、四十枚程書いて、（月初めに）そのままになってしまった。これは是非完成させたいと思う（一九二七年一一月二三日付）
>
> 『防雪林』は百三十枚程迄出来上った。もう十五、六枚で終りだ（一九二八年一月一日付）

多喜二は、一九二八年二月に実施された第一回の普通選挙に選挙運動員として参加をし、これは「東倶知安行」という作品に書かれています。その後、二八年三月一五日に、左翼運動に対する治安維持法にもとづく全国一斉の手入れが行われますが、それも彼は『一九二八年三月十五日』というそのままのタイトルの小説に書き、本格的にプロレタリア文学の陣営に参加をしていきます。ですから、この『防雪林』という作品は、プロレタリア文学運動、社会革命の運動に本格的に足を踏み入れていく、その前夜に書かれたものであると言っていいと思います。

小林多喜二が本格的な左翼運動に入っていく直前の時期である一九二六年から二七年にかけて、多喜二は文学的方法にどのような悩みをもっていたのでしょうか。それは端的にいって、これも日記の中にたびたび出てくる言葉ですが、「汎愛思想」と「超人思想」との相克、ということでした。社会的な弱者、貧しい人々に対し、文学的にどのように救済をもたらすことができるか、という創作上の方法に関する悩みです。「汎愛思想」とは、厳しい状況の下でも希望を捨てず、いつかは救済がもたらされることを信ずるということであり、「超人思想」とは、厳しい状況を、常人の域を超えた力と行動で個人的に切り開いていこうとするということであり、この二つの要素の分裂に悩んでいたということです。「汎愛思想」について多喜二は、一九二六年八月一五日の日記の中で、自作の登場人物の性格についてこんなことを書いています。

> 純情を求め、いい生活を求めている。それだけでは結局いい生活がくるものではないことを知っている。しかし、初恵という人物は、ちょうどチェーホフの『三人姉妹』、叔父ワーニャの主人公のように、ただいい生活が来ると思っているのと同じで、じゃいったい誰がそのいい

> 生活を持ってくるように努力するのか、ちっとも知っていない。そういうところから一歩出て、あらゆる現在の生活と自分自身の力を知って、センチメンタルから逃れていこうとする気持ちがない。

このように批評し、そうした考え方では、いつまでたっても救済はもたらされないのではないかというのです。同じ日記の八月一五日付のなかでの言葉です。

> そういう救い、自分の意識は救いだったと、そういう生活に一道の光明を与えたいと思う気持ちだった。しかし、これらを書き直しているうちに、事実は反対の方向へいくことだ。救いを出そうとすると、それがこんな生活の場合、嘘のように思われる。

救いを求めても、いつまでたっても救いは来ない。そこに個人の力の強さ、生活の力の強さとのストラッグル（葛藤（かっとう））が生じ、どうしても超人を生み出して救いを出そうとする。しかしそれができないという気持ちとの相克を書き記しているのです。

ドストエフスキーの終生のテーマだった「汎愛思想」と「超人思想」のストラッグル、闘争が自分にもあるということです。いつかは救済がもたらされると思う気持ちと、厳しい状況を常人の域を超えた力と行動で切り開いていきたい、この葛藤に大きな悩みを抱えていたのです。

そうしたなかで、彼はただ単に「超人思想」というだけではだめで、根本的に世の中の仕組みを変えていかなければだめなのだ、と考えるわけです。そこから彼は、マルクス主義の思想を系統的に学び、労農党や労働組合、小作争議の関係者との接触を深め、左翼運動に急速に接近していきます。一九二八年二月の普通選挙には労農党の運動員として参加し、二八年三月一五日の弾圧では、彼は逮捕はされませんでしたが、自分の親しい仲間たちが厳しい状況にさらされていくということから、小説の書き方を急速に変えていくことになります。『防雪林』は、彼がマルクス主義、プロレタリア文学運動に本格的に踏み込んでいく一歩手前のところで作られた、それまでの多喜二の文学的な修行と葛藤の集大成となった作品だと考えることができると思います。

ここから『防雪林』の具体的な中身に入っていきますが、まず『防雪林』のノート稿がどういうものであったのか、ご覧いただきたいと思います。(次ページの写真)

小林多喜二の原稿は、基本的にノートに細かく下書きをし、大概の作品はこの段階でほぼでき上がっている状態になります。実際に出版社に渡す場合は、ここから原稿用紙に丁寧に清書していますから、出版社に提出されたものとして残っている多喜二の原稿の大半は、ほとんど直しのないきれいな清書原稿になっています。そこに至るまでには、かなりの推敲(すいこう)の跡があるということです。

これは『防雪林』のメモ書きですが、図の右側のページは、チャップリンの映画に関する批評の下書きであり、これも清書されて刊行されています。その下のページには、ある場所のスケッチが描かれています。『防雪林』の舞台となった場所のようで、真ん中に道があり、並木と電信柱と思われるものがたくさんつながっている風景が見えています。そこからページを繰っていきますと、「防雪林　北海道に捧ぐ」とあり、ここには「防雪林　防雪林　防雪林」と何度も書かれています。最初は「北海道に捧ぐ」というサブタイトルが付けられていたのです。ついで「十月の末だった」という『防雪林』の書き出しが書かれていきますが、未定稿ですから、たくさんの推敲の跡がうかがわれ、削除、加筆がなされています。また、おそらくは原稿用紙にしたらどれくらいの枚数になるのかという見当を、字詰×行数×ページ数として計算した跡が残っています。こうしたノートの未定稿から作品を掘り起こそうとすると、実際に消されているところを全て削り、書き残しているところをちゃんと残し、吹き出しがどこに入っているのかを確かめながら復元していかなければなりませんから、これは熟達した編集者で、多喜二の作品の中身をしっかりとらえて

「防雪林」草稿ノート　右・スケッチ　左・発端部

いる人でないと、なかなか難しい作業だと思います。

それでは作品の中に入ってみましょう。（第一章）

十月の末だつた。
その日、冷たい氷雨が石狩のだゞッ廣い平原に横なぐりに降つてゐた。
何處を見たつて、何んにもなかつた。電信柱の一列がどこまでも續いて行つて、マツチの棒をならべたやうになり、そしてそれが見えなくなつても、まだ平であり、何んにも眼に邪魔になるものがなかつた。所々箒のやうに立つてゐるポプラが雨と風をうけて、搖れてゐた。一面に雲が低く垂れ下つてきて、「妙に」薄暗くなつてゐた。烏が時々周章てたやうな飛び方をして、少しそれでも明るみの殘つてゐる地平線の方へ二、三羽もつれて飛んで行つた。

さきほど見ていただいたノートのスケッチが頭にあって、村の風景をこのように描いていた、ということになるかと思います。この最初の部分には、主人公の「源吉」とその家族と友人、といった登場人物が出てきます。お母さんがいまして、弟は「由」、妹は「お文」、そこに「勝」という友人がいます。これらが主な登場人物ですが、このあとで出てくる、源吉が心の中で思いを寄せている「お芳」という女性も大事な人物になっています。

第二章は、鮭の密漁のシーンを扱っていますが、『防雪林』の中でも、相当な読みどころです。

この頃、鮭はどのようにして獲っていたのでしょうか。昔のことですから、石狩川にはたくさんの鮭が産卵のためにさかのぼってきます。その鮭は、基本的に管理されていて、漁業権があり、鑑札をもっている人以外、勝手に川に入って漁をすることは禁じられていました。源吉は、そのことに対して、理不尽な思いを抱いています。（第二章）

「この村で、これで三ヶ月も一疋の魚ば喰つたことねえんだど。こつたら話つてあるか。後さ行つて、川ば見てれば、秋味の野郎、背中ば出して、泳いでるのに、三ヶ月も魚ば喰はねえつてあるか。糞ツたれ。そつたら分らねえ話あるか。それもよ、見ろ、下さ行けば、漁場の金持の野郎ども、たんまりとりやがるんだ。鑑札もくそもあるけア。」

秋味とは鮭のことですが、理不尽な鮭の禁漁、漁業権ということに関して、源吉は、怒っています。もともと北海道では、自由に魚が獲れたはずなのに、このように制限をされることになったのです。それで彼は、勝を誘って、石狩川に密漁をしにいくことになります。この密漁の場面は、とても力強い野性的なシーンになっています。（第二章）

「秋味だ！」源吉は大きな聲を出した。「でけえど、〳〵」だん〳〵水の「ばぢや〳〵」がひどくなつてきた。子供が水のかけ合ひでもしてゐるやうだつた。そのうちに、二、三匹は砂濱にはね上つたらしく、その肉付きの厚い身體を打ちつけながら、あばれた。源吉は勝に網をひかせて、自分は棍棒をもつて、川岸に降りた。網のそばまでくると、源吉は、心分量で十匹以上鮭が入つてゐることが分つた。いきなり横ツ面をたゝきつけるやうに、尾鰭ではじかれて、水と砂がとんできた。

「野郎！」

源吉は顔を自分の雨でぬれた袖でぬぐふと、棍棒をふりあげた。見當をつけて、鮭の鼻ツぱしをなぐりつけた。

キユツン！　といふと、尾鰭を空にむけたまゝ、身をのばした。そのまゝ一寸さうしてゐた。が、尾鰭が下つて行つた。そして全くぐつたりしたやうに、尾鰭が下へつくと、ピク〳〵と身體が二、三度動いた。そしてそれからもう動かなかつた。

源吉は、勝を呼んだ。勝が來たとき、源吉はものも云はずに、もう一匹の鼻へ一撃を加へた。勝はギヨツとして立ちすくんだ。源吉は、息がつまつた笑ひ方をした。源吉は一匹、一匹棍棒でなぐりつけて行つた。勝はそれをすぐえら（鰓）に手をかけて引つ張つて、舟にのせてあつた石油箱に入れた。ひつぱる度にピクツ〳〵と身體を動かすのや、まだ息だけはしてゐるらしく、鰓だけが動いてゐるのがあつた。

源吉はさうやつてゐるうちに、妙に強暴な氣持になつてゐた。彼は一匹々々、「野郎」「畜生」「野郎」「畜生」と、唇をかんだり、齒をかんだりしながら、さうした。變に顔の筋肉が引きつつて、硬ばつたりした。そして氣が狂つたやうに、滅多打ちをした。
さうかと思ふと、普段から、「野郎奴」と思つてゐたものの名を一々云ひながら、なぐりつけて行つた。そのことが、又、彼を不思議なほどにひきずつて行つた。

石狩川に入って網にかかった鮭を棍棒でたたき殺しながら漁をしていくという、野性的な場面です。源吉という人間は、無口で行動力があり、一人で暴力的に何もかも片付けていこうとする、そうした性格をもっているわけです。先ほど、「汎愛思想」と「超人思想」ということを申しましたが、この源吉という人物は、まさに「超人思想」の塊のような人間として描かれていることがわかります。小林多喜二は、二七年一一月二三日の日記の中で、このように書いています。

防雪林　石狩川のほとり、約百二、三十枚ぐらいの予定で、三、四十枚ほど書いて、月初めにそのままになってしまった。これはぜひ完成さしたいと思う。末梢神経のない人間を描きたいのだ。チェルカッシュ、カインの末裔、如き。そして、更に又、農夫の生活を描く。

『チェルカッシュ』というのは、ロシアのゴーリキーの作品であり、『カインの末裔』は、北海道の作家有島武郎の作品です。そこでは、流れ者の農夫が農場にやってきて騒ぎを起こし、身を持ち崩してやがてその農場を去って行く、広岡仁右衛門という野性的な人物が、主人公として登場します。有島武郎は小林多喜二の先輩のような作家ですが、多喜二はこの『カインの末裔』のような小説を書きたいと、日記に書いていました。それを実践したのが、この密漁のシーンだと言えます。

　源吉の暴力的で強烈なキャラクターは、次の祭りの事件でも描かれます。お祭りに念仏坊主がやってきて、南無阿弥陀仏を唱えながら、何事も阿弥陀様のお心じゃ、何事が起こっても辛抱しなさい、それを忘れてはなりませんぞ、決して不平を起こしてはいけませんぞ、と説きます。これをまた百姓たちは、ありがたい、ありがたいと言って聞いています。

　多喜二は、百姓たちがそういう気持ちになるのも、北海道の農村で下積みの苦労をしている人たちにとっては、せめてもの心の慰めである、と書いています。はっきりとはわからなくても、心のどこかで来世の到来を待つという気持ちにならざるをえないのだ、というのです。祭りの日、源吉は通りである女性を見つけ、その女性に性欲を感じて乱暴をはたらきます。ここも、凄まじいばかりの暴力的な描写になっています。

　多喜二という人は、社会主義の運動のことばかりを書いていて、人間の行動についての描写力はどうだったのか、という疑問もあるかもしれません。しかし、暴力描写についてだけ見ても、『蟹工船』でもそうでしたが、彼のこうした場面の描写には力強いものがあります。生々しいと言ってもいいかもしれませんが、身体的な感覚がこちらに迫ってくるような描写だと言えます。人間の五感の感覚すべてに刺激が伝わるような肉体描写、暴力描写が、この『防雪林』の中でも強烈に描かれているところを、ぜひご覧いただきたいと思います。

『防雪林』の改作として書かれ『中央公論』に掲載された『不在地主』では、こうした暴力シーンや官能的ともいえる肉体描写は、ほとんど陰を潜めてしまいます。まったく別の書き方になっているということになりますが、これは次章でゆっくりとお話をしたいと思います。

第四章は、北海道の農村や百姓たちの様子、農民たちはどのような思いで暮らしているのか、ということについての、やや説明的な部分です。

彼らは、内地からやってきた開拓農民です。当時北海道は植民地扱いでしたから、彼らは開拓にかける大きな夢をもって内地から北海道にやってきます。津軽海峡を渡って北へ北へと進み、熊が出るような北海道にきて開拓にあたりますが、それは内地ではもう食べられなくなったからです。今から一〇〇年ほどの前の話ですから、プラットホームもない吹きさらしの停車場で降ろされ、果てしのない雪道を歩き、目的地に着いてみると、いいところはあらかた開拓されているのです。(第四章)

たまに、安く土地が「拾へても」、それを耕してゆく金がなかつた。結局人から借りた金でやれば、二、三年經つて、その荒蕪地がやうやく畑らしくなつた頃、そのかたに、すつかり、彼等の手からなくなつてゐた――ここも矢張り住みよくはなかつた。

それでも、内地の暮らしがどうにも立ちゆかなくなった結果としてここにやってきたのですから、なんとか暮らしを立てていく以外にありません。さきほどの日記の中でも、農夫の生活を描くのだと書かれていましたが、単に源吉という荒々しい人物を描くだけではなく、北海道の開拓農村がおかれている厳しい状況を総合的に描き出していこうという意図が、このときの多喜二にはあったということができます。

さて第五章では、源吉の家に小学校の校長先生という人が訪ねてきます。この人物は、社会の矛盾に対する知識を持っていて、考え方もしっかりしているようなのです。そして、この寒村で農民たちが厳しい搾取（さくしゅ）を受けているということに対して、こんなにひどい目にあっているのになぜそれに反抗しないのか、その原因についてなぜ目を開かないのか、と源吉にしきりに吹き込みます。それに対して源吉は、「ふうーん」と、そこに引き込まれたように相槌（あいづち）を打ちます。心配しているのは源吉のお母さんです。先生は、こうした話をしながら、源吉が何を言うかとかまをかけたりしていますが、源吉はなかなかはっきりとは答えません。お母さんが、横から口をはさみます。（第五章）

「まア〳〵、先生様、そつたらごと、地主様にでも聞えたら、大變（たいへん）なごとになるべしよ。」

そして、先生が帰ったあと、お母さんは源吉にこんなことを言います。

「なア源ん、校長先生あれきつと、――あれだ。飛んでもない事云ふもんだ。本氣に聞くなよ。うん。」床をしきながら、母がさう云つた。

親たちの世代の人間は、こうした厳しい生活の中にあっても、我慢（がまん）、忍従（にんじゅう）を旨にして生きていますが、源吉はそれに対して、自分の中で思うものがあるわけです。

第六章です。やがて冬がやってきます。最近ではそうでもないでしょうが、つい数十年ぐらい前、終戦から高度成長の時期にかけては、北海道や東北の雪深い農村の百姓たちは、冬の間農作物を作ることがほとんどできなくなってしまうので、出稼（でかせ）ぎをしなければなりませんでした。不作の埋め合わせのために、源吉も村人たちとともに、シナの木の皮はぎに雇われたり、鰊場（にしんば）へ出稼ぎに出かけてひと稼ぎし、春が訪れる四月の終わり頃に帰ってくる、ということになります。

出稼ぎに出て行くまでに、不作の中で、何とかして小作料を減免してもらえないものだろうかということが問題になっていきます。この頃の日本の農村の大半は、地主が大きな土地を持っており、多くの百姓たちはその小作人でした。小作人は、田んぼや畑を地主から借りて農作物を作りますが、小作料を納めなければなりません。その分、働いて収穫したものを丸々収奪されてしまうことになります。ですから、不作のときなどは、小作料を何とか負けてもらう算段をしなければどうにも暮らしが立ちいかない状況に追い込まれます。さすがの村民も我慢(がまん)の限界となり、校長先生が工作していたことが形になり、百姓の集会らしきものがもたれるようになっていきます。(第六章)

しばらくすると、百姓の集會らしい、變な人いきれの臭氣でムンとした。片隅で、誰か五、六人のものが拍手をした。それにつれて、集つたものも、拍手をした。

そして、石山という人物が、「齋藤案」という地主への嘆願書を持ち出してきます。

石山は「齋藤案」を持ち出して、それに對して論議を進めることにしようと計つた。そして、「この事に對して意見のある方は、手をあげて自分に云つて貰ひたい。」と云つた。

それに対して、反対する者はいませんでした。「ぢや、齋藤案に従ふことになるんですねえ。」と確かめると「手が、あやふやに七ツ、八ツ擧が」ります。

「そつたらごとで百姓の貧乏なほるもんけア!」

誰か後で野生的な太々しい聲で叫んだ。さういふ瞬間であつたので皆はその方を見た。――源吉だつた。

「ぢや、源吉君、どうするんです。」石山がきいた。

「分つてるべよ。地主から畑ばとツ返すのさ！」

ぴたり押へられた沈黙だつた。次の瞬間、然し源吉の意見は一たまりもなく、皆が口々に云ふ罵言で、押しつぶされてしまつた。

それから後、源吉は一言も云はなかつた。始終、腕をくんだまゝでゐた。


第七章です。勝は都会に働きに出ています。その都会には、お芳という、源吉が思いを寄せていた幼なじみの女性が働きに出ていましたが、彼女は雇われ先の若者に妊娠をさせられ、故郷に帰ってきます。この勝からの手紙、そしてお芳の妊娠については、これから述べる『不在地主』でも展開されますが、源吉は自分が思いを寄せていたお芳が都会に出かけていった末に赤ん坊を妊娠してしまったことで、内心お芳のことを恨みに思っている、と語られています。

第八章です。ここでは、嘆願では埒があかず、直接交渉しにいこうということで、源吉も含む小作人たち一行が町に出て行きます。そこに地主側から呼ばれた警察官たちが現れ、暴力的に排除されるシーンが出てきます。登場してきた巡査の姿をみて、皆はギョッとして立ちすくみます。そし

て取り調べを受けた源吉は、皆をけしかけただろうと、警察官から暴力を振るわれます。（第八章）

源吉はいきなり――いきなり顔をなぐられた、と思つた。自分の體が瞬間ゴムマリのやうに縮まつたのを感じた。

「貴様、皆をけしかけたろッ！」

源吉は反射的に、自分の頬を兩手で抑へた。と、次が來た。鼻がキーンとなると、強い藥でも嗅いだやうに感じて、――……べつたり尻もちをついてゐた。眼まひがした。彼は兩手で床に手をついて、自分の身體を支へた。鼻血の生ぬるいのが、床についてゐる手の甲に、落ちてきた。

（中略）

源吉は齒をギリ〳〵かんでゐた。くやしかつた。憎い！　たゞ口惜しかつた！　たゞ憎くて、憎くてたまらなかつた。源吉は始めて、自分たち「百姓」といふものが、どういふものであるか、といふ事が分つた。

このように、交渉に行って暴力を振るわれるという体験をして、悔しさを内心に奥深く込めて村に戻ってきた源吉に、さらに新しい出来事が起こります。第九章です。源吉が留守をしている間に、お芳が訪ねてきていたのです。源吉はお芳が都会に出て妊娠したことを恨みに思っていますから、

「あつたら奴、ブッ殺してしまへばえゝんだ。」と、顔も動かさずにぶっきら棒に言って、お芳の事情には思い至りません。しかし、そのお芳は辛い状況のなかで村に帰って来て、相談する相手も頼る相手もなく、家族からも白眼視され、とうとう自決をしてしまいます。この首をつって自殺をしてしまうところの描写も胸に迫りますが、お芳はこのような遺書を残していました。（第九章）

後で家の中をさがしたとき、前に書いて用意をして置いたらしい遺書が二通出てきた。一つは親、一つは源吉に宛てたものだった。あとはいくら探してもない事は意外であった。お芳は自分の關係した大學生には遺書をのこして行つてゐなかつた。それをきいたとき、源吉はぐいと心を何かに握られたやうに思つた。

——自分は金持を憎んで、憎んで、憎んで死ぬ。……自分は生きてゐて、その金持らに、飽きる程復讐しなければ死に切れない、さう思つたこともあつた。そして、それが本當だ、と思ふ。が、自分は女であり、（それだけなら差支へないが）女の中で一番やくざな、裏切りものである。それが出來さうもない。自分は、貴方と一緒になつてゐたら、どんなに幸福であつたか、と、今更自分のあやまつた、汚い根性を責めてゐる。——そして、最後に、自分は、札幌の大學生には、ツバをひつかけて死ぬ。と書いてあつた。

そこで源吉は、再び身体の中からこみ上げてくる興奮を覚えます。

お芳も矢張り俺達と同じだつたんだ、——だまされるのは、何時だつて、外れツこなく俺達ばかりだ！　——源吉はさう思ふと、身體中がギリ〳〵と興奮してくるのを覺えた。

そして第十章、最後の結末となります。源吉は、地主の家を焼き討ちする決心をします。そして、「虱そのまゝの彼奴等を、なぶり殺してやる！」「親父とお芳の遺言と、俺の考へ——この三つでやるんだ。」と決意をして、石油缶に石油を詰めて町に出て行き、地主の家に火をつけます。（第十章）

凍つた川から引いてくる水ではどうにもならなかつた。消防の人や青年團が、怒鳴つたりしては、あつちこつち、提灯をふりかざして走り廻つてゐた。

「もう半分以上も焼けて、どうにもならなくなつてしまつた頃、家の中から、まるで聞いたゞけでも、身震ひするやうな、それア、それア——何んとも云はれないやうな叫び聲がきこえてゐたつて！　——その人、耳に殘つて耳に殘つて困るつて云つてたの。鷄でもしめ殺されるやうな、のどから血を出しながらしぼつてるつて聲だつて。」

女の人が、ヒソ〳〵並んで立つてゐた知合ひらしい人にささやいてゐた。

「たゝられたんだ、きつと。」

地主の家は、源吉の放火によって丸焼けになり、そこの住人たちも焼死してしまいます。源吉は、この放火の後どうしたか、このように続きます。

源吉は誰にも氣付かれずに、防雪林が鐵道沿線に添つて並んでゐるところまで、走つてきた。防雪林の片側が火事の光を反射して明るくなつてゐた。振りかへつてみると、空一杯が赤く染つてゐた。現場の手前の家やその屋根の上に立つて、何やら手を振つてゐる人や、電柱などが一つ一つ黒く、はつきり見えた。そこで騒いでゐる人達の叫び聲などが、何かの拍子に、手にとるやうに、間近かに聞えたりした。半鐘は、プウーン、プウーン、とかすかに、うなつてゐるやうに聞えた。

「まだ足りねえや。」

源吉は獨言をすると、今度はしつかりした足取りで、暗い石狩平野の雪道を歩き出した。

「まだ足りねえぞ、畜生！」

これがこの小説の結末です。

さて、このテロリズムのような放火によって地主の家を焼き尽くしてしまうという結論を、みなさんはどうお考えでしょうか。多喜二のこの小説の制作意図には、「超人源吉」を描くというテーマがありました。しかし、第二のテーマとしては、百姓たちが苦しい抑圧のなかにあって、それを解決するために争議を起こす、ということもあったわけです。この超人を描くというテーマと争議を起こすというテーマ、この二重のテーマが『防雪林』という作品の中には絡み合っています。そして、最終的には、源吉という超人を描くということで、彼の個人的なテロリズムによる解決として、この作品は終わりをつげていくことになります。もし、小作争議の勝利を中心として描くためには、源吉をもっと協調的な性格の人物としなければならなかったでしょう。しかし、この作品の中では、それは実現されませんでした。ですから、争議そのものをきちんと描いていこうという意図のためには、このような書き方ではない違った書き方が必要になった、ということになります。

　多喜二はこのあと、『東倶知安行』『一九二八年三月十五日』『蟹工船』とプロレタリア文学運動に大きく踏み出し、方法的にも新しい高みに上がっていきます。そういう中で『中央公論』からの依頼に応えて、主題も方法も全く改めた作品として『不在地主』を発表するときには、『防雪林』にあった「超人思想」を清算し、組織的な小作争議の実態を現実的な方法で描いていくことになります。そして、運動の役割と意味を、これまでになかった斬新な方法で描くという試みに歩み出していくことになっていったのだと思われます。

　今回は『不在地主』の前半でしたが、『不在地主』の前駆作となる『防雪林』を細かに読んできました。次章では、『不在地主』の本編のほうを詳しく読んでいきたいと思います。

第Ⅱ章　集団を記号化して資本主義社会の本質を描く前衛的な試み

さて、『不在地主』には『防雪林』という前駆作があり、そこからすっかり内容を改める形で『不在地主』という作品が生まれたことがおわかりいただけたと思います。『不在地主』と『防雪林』は、扱われている題材は、北海道の開拓農村での小作争議の勃発（ぼっぱつ）とその展開というものですが、その意図や描き方は大幅に異なっています。どのように違っているのかを、実際に小説を読み進めながらお話ししていこうと思います。

前章でお見せしましたように、多喜二は、作品を清書する前にノートに草稿を書いています。『防雪林』とは別のノートになりますが、『不在地主』を書くにあたって『防雪林』の書き直しをしていたことがわかります。「防雪林」というタイトルも内容にそぐわないというので、「不在地主」というタイトルに改めます。表紙を見返したところに、「不在地主」、「『中央公論』十一月号のために」として、「一九二九年七月六日」という日付が入っています。一年半以上経った段階で、『防雪林』を『不在地主』に書き改める作業が行われたということです。『防雪林』のノートの最後に計算書きが出ていましたが、『不在地主』の最後にも、何度も計算書きをしていることがわかります。

『不在地主』と『防雪林』の評価についてですが、『防雪林』に高い評価を与える人たちも大勢います。新しく『防雪林』が見つかった時期から、『不在地主』の元になったというけれども、元になっている『防雪林』のほうが『不在地主』よりも文学的に面白いのではないか、という評価です。例えば、小田切秀雄さんという、プロレタリア文学を中心にした文学史家として名高い批評家がいますが、彼は、このノートの草稿が発見された直後に、「『防雪林』の意義」という解説を書いています。「『不在地主』が人間追求を行う代わりに、社会の各階級と層とを代表する類型をいくつか作り出して、これを組合わせ、農村の階級関係とそこでの闘争方針を全体的に描き出そうとし、一種の社会科学的絵解きに終わった」のに対して、『防雪林』は「源吉という人物の人間追及を通じて農民の一つのタイプを描き出すことにとにかく成功している」として、『防雪林』は『不在地主』と比べると文学作品としてかえって優れている、と評価しました。また、近藤宏子さんという批評家は、「『防雪林』と『不在地主』という批評の中で、「『不在地主』には概念的説明が多く、完成された芸術のもたらす感動を与えない。芸術的まとまりという点で『不在地主』より『防雪林』の方が優れているということはいえよう」と述べています。

それ対し、『不在地主』を評価する例としては、千頭剛(ちかみつよし)という方の書いた「『不在地主』という評論があります。そこでは、「『防雪林』には組織性と持続性の欠落がたたかいの中で欠けていて、それがこの作品の欠点である。労農同盟、労働者と農民の間との同盟関係というのをプロレタリア作家の中で最初に文学作品化したのが多喜二であるという点で、『不在地主』という方が高く評価できるのだ」という趣旨が述べられています。このように、評価が分れているのです。

お読みになった方は、いかがでしょうか。『不在地主』は、確かに有名な作品ではあるけれども、文章も上手いのか下手なのかよくわからない。短い断片的な章が細切れになって次々と繰り出され、とくに最後のほうは分裂しているようで、これは小説なのかといった印象がある。それに対して、『防雪林』は、源吉という首尾一貫したキャラクターが主人公で、その人間像が際立っている……そうした感想をもたれた方もおられるかもしれません。小説を読み慣れた人の目からすると、『防雪林』のほうが小説としていいのではないか、と考えるのも無理はないと思います。

小田切秀雄さんや近藤宏子さんたちと千頭剛さんたちの意見の違いは、自然主義的なリアリズムという描写を軸にして読むのか、それともイデオロギー的枠組みを軸にして読むのか、という違いによって生じたものです。しかし私は、そのような評価の枠組みでとらえていると、この『不在地主』という作品が持っていた、執筆方法の画期的な斬新(ざんしん)さが見落とされ、多喜二がそうした方法をどうしてもとる必要があったという必然性を見失ってしまう、という感じがしています。

繰り返しますが、この二つの作品は、題材こそ共通性を持っていますが、小説の方法や構造は大きく異なったものです。ですから、自然主義的なリアリズムかイデオロギーかといった基準でその優劣をはかる、というものではないと思われるわけです。リアリティを強調する自然主義的な書き方を評価する小田切さんや近藤さんの側から否定的に語られてきた、『不在地主』は図式的だといわれる描き方自体に、実は、この時代の文脈における確かなリアリティが発揮されているのです。あるいは、そこにリアリティを持たせることが、多喜二がこの作品を『防雪林』から書き換えていった大きな意図になっていることこそ、評価しなければならないのではないかと私は思います。

『不在地主』とはどのような小説であり、タイトルが変えられたのはなぜなのでしょうか。現在では、『不在地主』といえば多喜二の作品が思い浮かび、このタイトルもさして違和感なく通用する言葉となっています。しかしこれは、考えてみれば不思議な言葉でして、例えば漢字四文字で書かれていますが、中国語で「不在地主」といえば、「地主がいない」というだけの言葉になってしまいます。中国語に翻訳する場合、「不在地主」は「在外地主」、つまりよそにいる地主のことだとなるわけです。

舞台となる村の様子についてどのように書かれているか、本文を見ていきたいと思います。(第一章・「村に地主はいない」)

何処の村でも、例外なく、つぶれかかっている小作の掘立小屋のなかに「鶴」のようにすっきり、地主の白壁だけが際立っているものだ。そしてそこでは貧乏人と金持が、ハッキリ二つに分れている。然し、それはもう「昔」のことである。

北海道の農村には、地主は居なかった。——不在だった。文化の余沢が全然なく、肥料や馬糞の臭気がし、腰が曲って薄汚い百姓ばかりいる、そんな処に、ワザワザ居る必要がなかった。そんな気のきかない、昔型の地主は一人もいなかった。——その代り、地主は「農場管理人」をその村に置いた。だから、彼は東京や、小樽、札幌にいて、ただ「上り」の計算だけしていれば、それでよかった。——S村もそんな村だった。

今日の農村は、第二次大戦の後に農地解放が行われ、大半の田畑は昔小作だった農民のものとなり、地主のもとで小作をしているような農民は少なくなり、ほとんどが自作、兼業という形になっています。ただ最近は、競争力の面などで自作の狭い土地では農業が立ちゆかなくなったり、後継者がいなくなって、また様子が変わってきています。これは政府の政策でもあり、それまで自作だった人たちが土地を寄託したり売ったりして、大規模な田畑を抱えた農業経営が増えつつあります。それは一人の農民が管理するのではなく、農業法人、つまり会社となって経営され、そこに農業労働者たちが雇われるという新たな雇用形態が、少しずつ作り上げられてきています。そういう意味では、新しい形の地主が生まれているとも言えますが、少なくとも第二次世界大戦後に農地解放が行われて以降は、地主というものはほとんど存在しなくなりました。

北海道の農村の場合は、元々開拓農業ですので、そこに昔から土地を持つ地主がいたわけではありません。内地のように、農村の中で伝統的に地主が存在し、その家だけが村内で金持ちということではなく、開拓の過程で地主と小作人が生まれたのです。資本家が、開拓民たちが開拓をした農地を買いたたいたり、借金のかたに取ったり、広い土地を買い取り開拓民をそこに入れて開墾させたりして、広大な農園を作り上げていきました。そういう開拓の資本を出した土地の持ち主は、その土地に住むのではなく、きれいな都会に住んでいました。その土地を小作人に耕作させて小作料を搾り取り、農地経営は農場管理人に任せておき、たまに視察に行って小作料の上がりの計算だけをしていました。そういう状態の人が、ここでいう「不在地主」だということになります。

前回、『防雪林』のお話をしたときに、小林多喜二は、有島武郎の『カインの末裔』のような状況を盛り込みたいと日記に書いていた、と紹介しましたが、まさに有島武郎自身がそうした「不在地主」の出自だったわけです。北海道のニセコには旧有島農場の跡という広大な場所があり、そこに有島武郎記念館が建てられています。有島は、自分が「不在地主」の出であることに罪悪感を感じ、引け目をもっていました。そこで、自分だけは働く人たちからの収奪によって暮らしていくことをなくそうと、早々とその農場を小作人たちに解放してしまうという試みをしたことで知られています。しかし、有島武郎はともかくとして、その他の地主が、簡単に自分の財産を手放すはずはありませんでした。小説の舞台である北海道のＳ村という農村も、このように不在地主、在外地主によって管理され、収奪をされていたのです。

かつて村の象徴であり、貧富の差をも象徴していた地主は、その土地を離れていきます。「不在地主」というタイトルの指し示す事実は、地の主でありながら、その土地に不在であるという、言葉と本来の意味との乖離（かいり）にほかなりません。この極めて現代的なテーマが、この作品を作り上げていく骨格であり、読み方の基本線であると考えていいと思います。言葉と実体の結びつきが弱まり、同じ言葉を使いながら、誰しもが経験したことのない事実が表現されているということであり、そうした現象の象徴的（しょうちょうてき）な例が、この「不在地主」というタイトルに表現されていると言えます。

　言葉というのは一つの記号ですから、実体を別の記号で表すということになります。ですから、指し示される実体と指し示す記号との間には、本来その結びつきに絶対というものはありません。そのことからしますと、この「不在地主」という言葉と、それを示す実態が違っていても不思議ではありません。このタイトルが象徴しているような事態は、具体的には、図式的、類型的な登場人物像として示される、ということになります。

　多喜二は、『防雪林』では、主人公「源吉」の描き方に端的に示された肉体を通じた描写、あるいは、彼がノートに絵まで描いていたような農村風景の描写など、ある意味で従来の自然主義的なリアリズムの手法を取っていました。しかし『不在地主』では、それとはまったく異なった描写方法で、登場人物や農村という空間を文学的に構成しようとしました。この「不在地主」というタイトルそのものが、そのことと深く結びついているといえます。

　多喜二の狙いというのは、こういうことだったのです。多喜二は、『不在地主』を『中央公論』に書き送ったあと、そこの編集者であった雨宮庸蔵（あまみやようぞう）と、何通も手紙のやりとりをしています。そのなかで、多喜二はこんなことを書いています。

農民文学は、在来、単に、小作人の惨めな生活（日常の）ばかり描いていた。（中略）小作人と貧農とは、如何に惨めな生活をしているか、ということが問題なのではなくて、如何にして惨めか、又どういう位置にどう関連されているかが（彼等自身知らずにいることであり、）それこそ明かにしなければならない第一の重大事であると思う。（雨宮庸蔵宛書簡、１９２９年９月）

多喜二のいう「如何に惨めな生活をしているか」ということを描いた従来の農民文学にどういうものがあり、それは読者にどのように受容されてきたのでしょうか。例えば、みなさんもご承知かと思いますが、長塚節という、歌人であり小説家である人が、朝日新聞に連載した『土』という作品を考えてみればよいと思います。言うまでもなく、この小説は、刻銘きわまる筆致で、下積みの貧農の圧迫と不安に満ちた生活を重苦しく、嫌になるぐらいありありとしたリアリズムで描いています。これ一つとってみても、従来の文学の達成に対して、多喜二ほど勉強した作家が無感覚でなかったはずはありません。事実、多喜二は、このような手法で書こうと思えば『防雪林』のような作品が書けたが、このような方法は認められなかった、と述べているわけです。

その理由はどんなところにあったのでしょうか。『土』という作品は、夏目漱石の推挙によって「東京朝日新聞」「大阪朝日新聞」に連載され、のちに単行本にまとめられて出版されました。漱石が推挙して「朝日新聞」という当時のメディアに載ったということは、それに触れることのできる階層に対して発信された文学だということになります。新聞なんて誰でも読んでいたのだろうと、みなさんはお思いかもしれませんが、当時、新聞が読めるということ、まして地方の農村にあって、中央紙とされる「朝日新聞」を定期購読できるような人たちというのは、特別な人たちでした。つまり直接には、農民たちにあてたメッセージだとは言えないわけです。その辺のところを、夏目漱石はどのように考えていたのかということが、この『土』の単行本の「『土』に就て」という序文に書かれています。

> 「土」を読むものは、屹度自分も泥の中を引き摺られるような気がするだろう。余もそう云う感じがした。或者は何故長塚君はこんな読みづらいものを書いたのだと疑がうかも知れない。そんな人に対して余はただ一言、斯様な生活をして居る人間が、我々と同時代に、しかも帝都を去る程遠からぬ田舎に住んで居るという悲惨な事実を、ひしと一度は胸の底に抱き締めて見たら、公等の是から先の人生観の上に、又公等の日常の行動の上に、何かの参考として利益を与えはしまいかと聞きたい。余はとくに歓楽に憧憬する若い男や若い女が、読み苦しいのを我慢して、此「土」を読む勇気を鼓舞する事を希望するのである。

つまり、漱石も、この『土』は、そこに描かれている農民たちが読む可能性が高いもの、あるいは読んでもらいたいものだとは思っていなかった、ということです。とくに、都会で歓楽に憧れる若い人たちを中心に読んでもらいたいのだと書いています。それに対して多喜二はどう書いているかと言いますと、序にあたるところです。

> この一篇を、「新農民読本」として全国津々浦々の「小作人」と「貧農」に捧げる。「荒木又右衛門」や「鳴門秘帖」でも読むような積りで、仕事の合間合間に寝ころびながら読んでほしい。

『荒木又右衛門』や『鳴門秘帖』は、当時人気のあった娯楽作品で、今でもテレビの時代劇番組で取り上げられることもある大衆小説です。今どきの漫画のようなものだと思ってもらってもいいかもしれませんが、そんなつもりで読んでほしいと書いています。そして実際に、雨宮庸蔵に対して、これが農民たちに読まれるようにと、細々とした指示を与えています。このように、読者対象を小作人や貧農に限定しているところを見ますと、いかに惨めな生活をしているかなどということは、農民たちは読まなくてもそれを経験しているのだ、そのようなことを描くことが問題なのではない、と考えていたとも言えるわけです。そのような読者層に対しては、重苦しい七面倒くさい小説としてよりも、いかにして惨めなのか、それがどういう社会構造に関連しているかを、小説として示すことが重要なのだ、と考えていたことがわかると思います。

そうしますと、『不在地主』には、図式化、類型化という描写方法が血管のように広がっているということです。イデオロギー的要素が大事だと評価する人も、そこに書かれている登場人物たちの図式化、類型化については評価できないと思っていた節がありますが、彼はこのやり方について、やはり雨宮庸蔵あてに記した手紙の中で、自分の作品の解説をしています。「人物としては、(略)すべて、(あまり克明に描くことはやめたが、)それぞれ農村の一つ一つのグループを代表する『人間』として描き出している」、というのです。方法的、意識的に図式化、類型化を採用したということを宣言した文書だと言っていいでしょう。登場人物たちはそれぞれ農村の中での役割を典型的に図式化され、それぞれのグループを代表する「人間」として「記号」化されている、というふうに考えているということです。

このことを考えたときに、『不在地主』の前作が『蟹工船』であったということを思い出していただければと思います。『蟹工船』を書くにあたっても、多喜二は集団、グループを描くという方法を自覚的に押し出しています。このことは、彼が『蟹工船』を送って読んでもらった、蔵原惟人(くらはらこれひと)宛ての手紙にも書いています。多喜二は、『蟹工船』を成功させたことによって、『防雪林』の「源吉」という個人を中心としたテロリズムのような描写から、『不在地主』のような実験へと踏み出すことができたのではないかと思います。それぞれの登場人物たちは、農村内の人間のグループ、集団の代表として記号化されていますから、はじめから登場人物の自我といったものは問題になりません。S村という存在自体が、代表的な登場人物たちの、図式化され類型化された記号の集まりとして描き出されている、と考えることができると思います。

この記号化された空間は、小説の一節によっても確認することができます。どこにでも見られるような説明的な農村風景の描写ではない、と言っていいと思います。（第一章・「S――村」）

健達（たけし）の、このS村は、吹きッさらしの石狩平野に、二、三戸ずつ、二、三戸ずつと百戸ほど散らばっていた。それが「停車場のある町」から一筋に続いている村道に、縄の結びこぶのようにくッついていたり、ずウと畑の中に引ッ込んでいたりした。丁度それ等の中央に「市街地」があった。五十戸ほど村道をはさんで、両側にかたまっていた。

『防雪林』では、「どっちをみても何もない、そういう中にぽつん、ぽつんと散らばった家があった」と書いてありました。しかし、ここではもう少し具体的に書かれており、都会からくる風景が、停車場から村道、そして市街地へと、ひと続きのものとしてつながっていることがわかります。そして『不在地主』の冒頭は、主人公「健」の弟である「由三」が、主要な人物として登場します。（第一章・「ドンドン、ドン」）

泥壁には地図のように割目が入っていて、倚（よ）りかかると、ボロボロこぼれ落ちた。――由三は半分泣きながら、ランプのホヤを磨きにかかった。ホヤの端を掌で抑えて、ハアーと息を吹き込んでやると、煙のように曇った。それから新聞紙を円めて、中を磨いた。何度もそれを繰返すと、石油臭い匂いが何時迄も手に残った。

このS村ではいまだにランプが使われており、ランプに使う油は、村の商店である屋号が△（かねうろく）という曲尺と鱗が組み合わさったマークの商店からの貸し売りです。その次の部分では、道端に転がされている新しい電柱が描かれ、電灯を点けるために、毎日停車場のある町から工夫が村に入り込んできて、次第に電柱がそこに近づいてきている、と書かれています。ランプを発端として、農村と商店、農村と都市との関係が、記号化された貸し売りの油や電灯を媒介として描かれていく、ということなのです。

『防雪林』では距離の遠さが強調されていましたが、『不在地主』のS村は、市街地や都市との密接な距離関係において描き出されるように改変されています。自然の中に孤立した村としてではなくて、資本主義経済の浸透のなかで、否応なく都市の論理に組み込まれざるをえない近代の農村として、意図的に構成されていることが明らかになっていきます。村の書き方、登場人物の書き方が、『防雪林』のように小説らしく濃密に書かれるのではなく、図式的な関係性によって書かれているということを理解していただければと思います。

農村風景の描写については以上の通りですが、人物の描写についてはどうでしょうか。

『防雪林』では、主人公「源吉」の無頼漢ぶりが、さまざまなエピソードによって印象づけられていました。一方、『不在地主』では、『防雪林』で脇役として登場した「勝」に替って「健」という青年が、中心的な人物になって出てきます。勝は、源吉の超人性、暴力性に恐れを抱く存在から、都会に出て社会を変える運動に近づき、その勉強をしている人たちから学ぶ人物に変化していきますが、あくまでも脇役です。一方『不在地主』では、もともと模範青年であった健は、結末では、村を離れて旭川の農民組合で働くようになります。しかし、その間の健の心理や意識の変化は、後で結末のところを読みますが、きわめて簡単に素っ気なく語られてしまっています。

源吉の、「憎い憎い憎い」とか「恨んで恨んで恨んでやる」といった、内面からほとばしり出るようなエネルギーは、健という『不在地主』の主要人物からは感じとることができません。こちらの健のほうは、登場する部分は多いのですが、際だった個性を与えられていた源吉とは違い、全編を通じて、主人公というよりは、狂言回しのような役割を与えられています。弟の由三とお母さんとのエピソードがありますが、そこでは、兵役の訓練のための青年訓練所に行くなど、村から模範青年として表彰さえ受けるキャラクターです。健はむしろ、S村という農村が置かれている状況を説明するための、記号化された人物として登場しているのだ、と言ったほうがいいかもしれません。

それでは、『防雪林』で個性的に描かれた源吉は、どこに行ってしまったのでしょうか。『不在地主』の中では、源吉という人物は見る影もなく、乱暴者で酒飲みの「のべ源」という登場人物に変形されています。この「のべ源」という呼び名からは、源吉の野性味の裏にあった、村人たちへの思いやりや共同性がどこにも見られなくなったことが見て取れます。何をしでかすかわからない、ただただ大酒飲みで、理性に欠けた暴力だけが強調され、細かい描写的なところはなくなってしまっています。その部分を紹介します。（第四章・「のべ源」）

のッぽの「のべ源」をS村の小作達は、時々山を下りて来る「熊」よりも恐ろしがっている。飲んだら「どんな事」でも平気でした。馬鹿力を出すので、どの小作だってかなわない。「のべ源」の乱暴をとめようとして、五、六人泥田（どろだ）に投げ込まれてしまった事がある。それに女に悪戯（いたずら）した。酔いがさめると、手拭で頭をしばって、一日中寝た。

しかし多喜二は、「のべ源」として変形されたような人物でも、現れてくる必然性はあるのだ、と書いています。（第四章・「のべ源」）

――毎日の単調さ、つらい仕事、それで何処迄行っても身体の浮かない暮しをさせられていれば、誰だって若い男は「のべ源」になる。ならずにいられるものでない。皆、心の隅ッこに「のべ源」の少しずつを持っているんだ。健はそう考え、「のべ源」には他の人のような悪意は感じていなかった。――どの村にも、実際ぐうだらはいたし、居る筈だった。

この部分もまた、『防雪林』とは違うところです。『防雪林』では、源吉の行動や考え方はあくまでも源吉個人のものであり、他人に理解をされることはあまりありませんでした。例えば、次に掲げるのは勝の思いです。（第二章）

> 勝は源吉には變（へん）に、「底恐ろしさ」があるのを知つてゐたので、それを思つて、恐ろしくなつた。役人に會はないでくれゝばいゝと思つた。それは、役人に會へば、源吉がきつと、――本當に、きつと――役人を打ツ殺す、と思つたからだつた。

つまり勝は、『防雪林』では、源吉を当初ただ怖い人間だと思っています。しかし、『不在地主』では、健はのべ源について、どこの村にもいるものだし、それには原因があって、誰だって少しずつの「のべ源」をもっているのだと認識しています。健はのべ源に悪意は感じておらず、同情さへ抱いていましたが、その感情はけっして褒（ほ）められたものでも肯定できるものはないと考え、もう少し何とかする方法があるのではないかと考えるのです。（第四章・「のべ源」）

> ――然し、何時迄グウだらを繰り返えしたって、どうなるものか、健は此頃（ちかごろ）はそう思ってきていた。グウだらが悪いんじゃない、グウだらにさせるものがある。それを誰も知っていない、そう思った。

この内容は『防雪林』では争議を工作している校長先生が源吉にたきつける言葉として出ていましたが、ここではこのように変形し、健自身がそうした認識に近づいていくことになっています。これは、小林多喜二が『防雪林』を書いて以降、プロレタリア小説家として成長し、人間に対する見方が変わったことの現れだと考えられるでしょう。こうした多喜二の認識の進化の中で、源吉は、図式化されてはいるけれども、多面的な根拠を持ち、客観化を施されたキャラクター・「のべ源」として造形されるように変化を遂げてきました。これも、『不在地主』という作品の書き方の、大きな変化だといえます。

なぜ「のべ源」というのか、これは簡単であり、「飲んべえの源」「飲んべえ源」「のんべ源」が「のべ源」へと、方言のアクセントから、みんなからそう言われるようになったのです。『防雪林』の暴力的な源吉か、それとも『不在地主』の「のべ源」としての源吉か、そのいずれに共感が持てるかは人によって違うと思います。多喜二自身も『不在地主』のなかで二者択一に割り切らず、「のべ源」というしょうもない人物が、争議となった時にわずかながらも応援の気持ちを持ち、そこに携わっていこうとする場面も書いており、そうしたところにも目配りが行き届いていると思います。従来の文学の描き方とは異なるやり方で農村像を描き出し、農民たち自身が認識を深めていく、そのことを目指した意図的な言葉の方法が、プロレタリア文学の政治的実践と結びついた試みとして、この『不在地主』という作品に結晶していくことになったということです。

作品の中身は、小作人たちが極めて抑圧された状態のなかで不作になり、小作料を減免してもらおうと立ち上がり、その争議が次第にまとまった形をなしていくというプロセスが書かれていますから、題材からすれば、『防雪林』の書き換えとして『不在地主』になっていったのですが、『防雪林』を読み、次いで『不在地主』を読むと、文体も人間描写も大幅に違うことがわかります。とくに最後の部分は、まったく異なる形になっていて、驚きます。源吉は『不在地主』では「のべ源」になっていますから、放火によって地主の家を焼くという衝撃的な結末にはなりませんが、それにしても従来の小説からすれば、極めて変わった書き方になっています。

それが、『中央公論』への初出の時に削除された部分であり、具体的に言いますと、『不在地主』の第十一章以降の、結末の直前までの部分です。多喜二は、編集者の雨宮庸蔵に対して不満をならし抗議します。発表された後に、お礼をいいながらも削除されたことに恨み言を言っている、雨宮庸蔵あての手紙が残っています。その中では、「あの削り取られた、あの削除というのは大変に閉口した」、なぜかというと、「前半は実にただ、あすこへの踏石(ふみいし)であり、用意でしかない程、私はあすこに満身の力を注いで書いたということは分って頂けることゝ思います」と書いています。実際にお読みになってみて、この部分はそれほど満身の力を込めて書いたのかと、疑問に思われる方もおられるかもしれません。小説としては極めて変わった書き方がされているからです。しかし、ここはまさに、多喜二が大きな力を注いだ部分なのです。

多喜二は何とかしてこの部分を載せてもらえないのかと、雨宮庸蔵に談判をします。しかし雨宮庸蔵は、これを載せると『中央公論』も発売禁止を免れないだろうとして、これを載せるわけにはいかない、削除は削除だと突っぱねます。すると、多喜二はわざわざ『中央公論』に出向き、削除した分の原稿を返してくれと言い、返してくれたら、それをプロレタリア文学の別の作品集に載せるからということで、取り戻してきます。そして、その部分を「日本無産者芸術連盟（ナップ）」という彼が所属していたプロレタリア文学・芸術運動の団体が発行している『戦旗』に、「戦ひ」と題して掲載してしまいます。この雑誌は、『蟹工船』やその前の『一九二八年三月十五日』を発表した雑誌なのですが、その読者に伝えようとしたのです。これだけ読んでも、断片的な情報とか新聞記事といった、素っ気ない結末の部分しか書かれていませんから、何のことやらわからないという作品なのです。これは、本編の『不在地主』の書き方がわかった上で、これを読んで初めて理解できるという、本来はそういうものだったわけです。

雨宮庸蔵はあとの回想の中で、「返せというので戻してやったら、その後、プロレタリア文学運動の雑誌にそれが掲載された。原稿はどうなったかというと、そのまま多喜二が持って行ったまま、『中央公論』のほうには戻してもらえなかった」とブツブツ述べています。とにかく、『不在地主』全編を貫く多喜二の言葉の戦略というものが、濃密（のうみつ）、濃厚に展開されているのがこの部分なのです。多喜二も言っていますが、この作品全体を図式化、類型化によって構成するという、さらに挑発的で実験的な文学に変貌させるための仕掛けが、この最後の部分だったといえると思います。

この部分の眼目の一つに、「情報」というものがありますが、その「情報、一」をみていきます。

（第十二章・「手を握り合って」）

吸血鬼・地主岸野と戦わんとして、S村岸野農場小作人代表十五名が、はるばる小樽へ出陣してきた。

直ちに、「農民組合連合会」「争議団」「小樽合同労働組合」とで、「労農争議共同委員会」を組織し、茲に労働者と農民の固き握手のもとに、此の争議に当ることになった。

農民を過去の封建的農奴的生活より、光ある社会へ解放し得るものは、都市労働階級の力だ。

この労農同盟の意義を説く場面が、「情報」としてこの小説に書き込まれているのです。「情報」は、全部で九つありますが、何の説明もなしに書かれています。これらの「情報」が、不在地主という虚構（きょこう）の世界の中で、誰から誰に向かって、どのようなメッセージを込めて送られたものであるか、ということが問題です。地主岸野に対する交渉の当事者は農民たちですが、争議団の交渉に立ち会った労働組合の武藤は小作人から君づけで呼ばれ、慕われています。また、「我々は個別の小作争議の域を超えて、この闘争を社会問題化させるように方向づけなければならない」と、小作人たちをたたかいの主体として位置づけています。

これらの情報は、小樽在住の組合員、それもかなり高い階級意識をもった人たちの間で流通させるために発せられたものである、と見ることができます。本来は、組織防衛上の配慮から、組織の内部を超えて流通することはないはずですし、そもそもそれは、小樽の組合員らに流通しているのですから、一般の農民たちには接する機会のなかった種類の情報なのです。

これは、実際に起こった小樽近辺の小作争議に根ざしています。小説では岸野農場となっていますが、現実には磯野農場というところから起こった小作争議です。この争議に参加したオルグで、争議の組織をした人に、松岡二十世（はたよ）という人がいます。松岡二十世と小林多喜二は前々から知り合いの間柄で、お互いに高く認め合っていました。この松岡が、『不在地主』の舞台となった磯野小作争議にオルグとして参加し、「情報」という文書を書いていました。そのガリ版刷りのビラにある「情報一」の中身が、まさに多喜二が作品に組み込んだ「情報」そのものなのです。

このことは、オルグをした松岡の息子さんである松岡将（すすむ）という方が、最近、出版物の中で明らかにしたことなのです。松岡将さんはそこで、「二人が相互によく知り合っていたし、少なくとも多喜二の方は二十世を十分認識していた、と思われる」と書いています。ですから、争議の中で実際に流通したものが、小説に組み込まれたということです。それを多喜二は、『中央公論』という雑誌メディアに載せることによって、全国の貧農、小作人のもとに届けられて読んでもらえる、という事態を想定していたとするならば、松岡二十世という争議に携わったオルグの想定を遙（はる）かに上回って、これらの情報は大きなメディアを通じて、広く外に伝えられていくことになります。今の言葉でいうと、広大な情報空間の中に拡散されることになっていったわけです。ですから、具体的に存在したメディア情報を小説の中に組み込むことによって、そのメディアの質が変貌していく、そういう仕掛けを多喜二はこの小説で実験したと考えていいと思います。

また、この争議を取り上げた当時の「小樽新聞」の記事を読みますと、実際の磯野農場の争議と作品の岸野農場の争議とは、人数や演説会の開催日などの細かい点まで一致しているのです。しかし、小説の描写は、「小樽新聞」に書かれたものそのままではありません。第十三章の『不在地主』の結末の部分で、「女は女同志」という「小樽新聞」の記事が引かれている部分があり、この女性たちが活発に行動し『女は女同志』奥様にお願いをしよう」と農場主を訪ねて面会しようとしたことが書かれています。しかし、現実の「小樽新聞」には、このような勢いのよい女性たちの行動を見いだすことはできません。争議団によって開かれた演説会を短く伝える記事はありますが、具体的な中身までは書いていません。ですから、こうしたところは、多喜二が小説を書くにあたって改変をしていったところなのです。

もう一回繰り返して言いますと、『不在地主』にあっては、新聞記事という素材をそのまま作品に組み込んだのではないということ、また、オルグ松岡二十世による実際の争議の情報を取り入れながらもその枠組みを改変して伝えていることになります。既存のメディアの情報をそのまま受容するのではなく、素材は同じであっても、自分自身の手による情報に変換して読者に届けようとする、「発信者」としての姿勢がこの小説の語りには現れていると思います。

ここで改めて、『不在地主』の方法について考えてみたいと思います。

私たちが生きている現代社会もそうですが、都市化された社会においては情報が洪水のように流通し、そこから正しい判断をすることが難しくなっています。そういう情報があふれる中で、この作品は、地主が不在の開拓農場の実態をそっくり取り込むことによって、「都市化」し、資本主義化した世の中で、この不在地主の手によって管理されている農場がどのような仕組みになっているのか、ということを描き出しています。さらにそれによって、実際にそこに生きている農民たちがいかにして惨めかという見取り図を示し、情報社会の中での農村の変革への道筋を示そうという意図があったと考えることができます。

さきほども申しましたように、多喜二は『蟹工船』を書くにあたって、グループというものを重要視しましたが、この作品でも、登場人物たちは農村内の人間集団の記号として現れてきます。S村という農村社会自体が、登場人物として記号化された要素の組み合わせによって構成されているわけです。そしてそのあり方そのものが、ほぼ一〇〇年近く前になりますが、資本主義の社会に組み込まれた農村に生き働く農民たちのあり方を示しています。このことは、『蟹工船』の成功によってもたらされたものです。多喜二は、農村社会やそこにおける登場人物たちの描き方を、『蟹工船』から悟って自分の方法にしたのではないでしょうか。

思い出していただきますと、「蟹工船」という労働現場では、雑多なところから寄せ集められた、それぞれ名前も持たない人たちが、厳しい労働の中で団結し、労働争議に立ち上がっていきました。

自分たちが搾取されている状態をきちんととらえて、どうすればそれを打ち破ることができるのか、それを、それぞれの出自からグループ化された個性が団結することによって解決しようとしていった様子が描かれていました。

『不在地主』でも、この開拓農場というところで、世代も違い、考え方も違った人たちが、バラバラにされた状態で収奪をされていたわけです。そのバラバラにされている状態が、どういう仕組みによってもたらされているのかを明らかにすることによって、その現実を変革する道筋を見出していく、そうした実験に進み出ることができたのではないかと思います。

そうは言いましても、記号化された人間たちこそが社会の現実であるというのは、かなり抽象化された話です。今日われわれは、高度に発達した情報化社会にあって、自分たちの考え方や生き方が資本主義の大きな仕組みによって規定されている、と考えることは比較的容易にできますが、今から一〇〇年近く前の、働く現場にいる小作人や貧農たちにとっては、かなり大変なことだったはずです。このことは、芸術大衆化の問題として、当時のプロレタリア文学運動全体の問題でもあり、多喜二自身もこのことに無自覚であったわけではありません。『中央公論』という雑誌の定価は八〇銭、今でいうと二五〇〇円から三〇〇〇円に相当しますから、「一つの作品に大枚八〇銭を出せる小作人なら、まずあの作品を捧げなくてもいい豪農（ごうのう）だろう」と、多喜二は『文芸春秋』という雑誌に掲載された「不在作家」という短い批評のなかで、自嘲（じちょう）気味に書いています。そのような限界は十分承知の上で、運動に携わる文学者としての立場を十分自覚し、その政治的実践としての言語実験を行うという、当時の文学者としては極めて前衛的で先端的な試みを、この作品で実現したと言えるのではないかと思います。

あとがき

『読み直し文学講座』のこの巻では、小林多喜二の二つの作品についてお話をしてきました。小林多喜二にしても、前巻でお話しした志賀直哉にしても、私がここで解説したことは、作家自身が隅々までわかったうえで書いていたのかといえば、そうではないかもしれません。方法的なものは持っていましたが、それを実現するのは、その文学者のなかに蓄積された言語や身体の記憶であり、それを媒介（ばいかい）にして作品として具現化されてくることになります。

ある意味でいうと、文学作品というのは、それを生み出した個人の限界を超えるような深みや広がりを持ったものだと言えるかもしれません。私たち文学研究者は、その時々の限界にしたがってその読みを展開していきますが、時代が変わっていきますと、その読みの方法もさまざまに変わっていきます。今回、私がこの二人の作家についてお示しした読み解きの方法というのは、あるいはみなさんにとって馴染（なじ）みの薄いものであったかもしれませんが、私のお話ししたことを頭に置きながら、これらの作品をご自分の力でじっくりと読み直していただくと大変刺激的であり、楽しみも深まるのではないかと思います。

島村 輝（しまむら・てる）

フェリス女学院大学教授。専門は、日本近代文学、プロレタリア文学。「逗子・葉山九条の会」事務局長、日本社会文学会代表理事などを歴任。「蟹工船」エッセーコンテスト選考委員長を務めるなど、小林多喜二研究で知られる。著書に、『臨界の近代日本文学』（世織書房）など、編著に『大江健三郎 日本文学研究論文集成』（若草書房）、『アジアの戦争と記憶――二〇世紀の歴史と文学』（勉誠出版）など、多数。

協力　株式会社 たびせん・つなぐ
http://www.tabisen-tsunagu.com

装丁　加門啓子

読み直し文学講座 V
小林多喜二の代表作を読み直す
――プロレタリア文学が切り拓いた「時代を撃つ」表現

2021年2月15日　第1刷発行
著　者　© 島村輝
発行者　竹村正治
発行所　株式会社かもがわ出版
〒602-8119　京都市上京区堀川通出水西入
TEL075-432-2868　FAX075-432-2869
振替 01010-5-12436
ホームページ http://www.kamogawa.co.jp
印　刷　シナノ書籍印刷株式会社

ISBN978-4-7803-1131-0　C0395